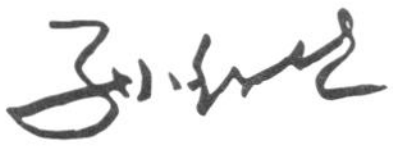

任他桃李争欢赏

不为繁华易素心

“大国工匠人物传”丛书

孙红梅

战鹰“心脏”手术师

高满航◎著

中国工人出版社

图书在版编目（CIP）数据

孙红梅：战鹰“心脏”手术师 / 高满航著.
北京：中国工人出版社，2025. 9. -- ISBN 978-7-5008-
8586-3

Ⅰ. I25

中国国家版本馆CIP数据核字第2025GZ0418号

孙红梅：战鹰“心脏”手术师

出 版 人	董 宽
责任编辑	葛忠雨
责任校对	张 彦
责任印制	黄 丽
出版发行	中国工人出版社
地　　址	北京市东城区鼓楼外大街45号　邮编：100120
网　　址	http://www.wp-china.com
电　　话	（010）62005043（总编室）
	（010）62005039（印制管理中心）
	（010）62379038（社科文艺分社）
发行热线	（010）82029051　62383056
经　　销	各地书店
印　　刷	宝蕾元仁浩（天津）印刷有限公司
开　　本	880毫米×1230毫米　1/32
印　　张	4.75
字　　数	80千字
版　　次	2025年9月第1版　2025年9月第1次印刷
定　　价	49.00元

国之大者，工匠先行

——“大国工匠人物传”丛书总序

在中华全国总工会成立100周年之际，全国总工会宣传教育部、中国报告文学学会、中国工人出版社联合开展了“文艺工作者走基层”活动，推出“大国工匠人物传”丛书，向全国总工会献礼，向广大劳动者致敬！

“知者创物，巧者述之守之，世谓之工。百工之事，皆圣人之作也。”这是中国所见年代最早的关于手工业技术文献《考工记》中对工匠的记载。“工”之责在于造物，“匠”者为能工鼎识者也。

幼时，老家云南昆明大板桥的老街上，从南头到北头，都是大大小小的手艺人，木匠、石匠、焗匠、骟匠、竹篾匠、鞋匠、箍桶匠……空气中飘荡着木匠的刨花香和石匠敲打出来的粉尘，充满着焗匠手中皮带的“吱扭扭”声、骟匠刀下小猪猡的闷哼、箍桶匠皮锤不轻不重的敲击声。老街上的竹篾匠是我的一个表姨夫，他来自四川，有着一手出神入化的编造竹篾手艺。粗壮的毛竹是表姨夫手中的“百万雄兵”，在一把锋利无比的刀的指挥下，被劈成厚薄、粗细不一的篾。表姨夫的本领仅次于撒豆成兵的天神，他能化篾成物，一般家里能见到、用到的器物，他都能用竹篾编出来。母亲曾命我在老街上买一个暖水瓶的内胆，然后去表姨夫的摊位上，坐等他为暖水瓶胆编制一件竹制的外壳。那个暖水瓶至今还在我家老屋的一个角落里。竹篾壳早已被岁月包了浆，虽然久不使用，却依然油润、红亮。这便是我幼时对匠人的记忆。

五千多年的中华历史长河中，涌现出了无数能工巧匠，他们或如明月光照，或如星河璀璨。一代代薪火相传的工匠精神，不仅成就了那些流芳百世的绝世建筑与器物，更是烛照我们通向文明现代化进程的精神之光，是我们文化的自信心、民族的根与魂。

从“嫦娥”探月到“祝融”探火，从“北斗”组网到“蛟龙”深潜，从港珠澳大桥横跨三地到大兴国际机场凤凰腾飞……这些挺起中华民族脊梁的大国重器、世纪工程背后，无不凝聚着万千工匠的心血和汗水，映照着工匠们孜孜以求、拼搏奋进的身影。

本套丛书收录的是全国总工会历年评选出的大国工匠

的人物传记。他们当中有焊接高铁的“工人院士”李万君、打破国外高端设备维修垄断的王树军、让中国锻件立于世界之巅的刘伯鸣、“人刀合一”的顶级钳工李凯军、在高空“穿针引线”的竺士杰、油田里的创新能手刘丽、了不起的“钢铁裁缝”艾爱国、数控机床上的“雕刻师”孟维、让三星堆文物“活”起来的郭汉中……他们有的是传统加工业的锻造者，为了突破技术瓶颈精益求精；有的是新兴制造业的探路者，为了实现精密制造巧思妙想；有的是军工行业的铸剑者，为了打造国之重器默默坚守；有的是民间手工艺的守护者，为了传承非遗文化精雕细琢……他们奋战在国防军工、装备制造、传统工艺等行业的第一线，以久久为功的钻研和创新，造就了一个个传奇。

这些杰出的工匠，尽管行业不同、岗位不一，成长经历各异，但他们都有着爱党爱国、敬业奉献、创新争先的优秀品质。他们耐得住清贫与寂寞，用灵巧的双手和精湛的技艺，数十年如一日地在平凡的岗位上雕琢自己心中的梦想，以实际行动诠释着“执着专注、精益求精、一丝不苟、追求卓越”的工匠精神。“天下大事，必作于细。”工匠精神既是中华民族技艺世代传承的价值理念，又是中国开启新征程，从制造业大国迈向制造业强国的时代需要。

“大国工匠是我们中华民族大厦的基石、栋梁。”2024年3月5日，习近平总书记参加十四届全国人大二次会议江苏代表团审议时强调“树立工匠精神”，指出“没有金刚钻，揽不了瓷器活”，要“把第一线的大国工匠一批一批培养出来”。党的十八大以来，习近平总书记对建设高素质劳动大军高度重视，强调“当代工人不仅要有力量，还要有智慧、有技术，能发明、会创新，以实际行动奏响时代主旋律”，深刻阐述工匠精神“执着专注、精益求精、一丝不苟、追求卓越”的内涵要义，号召全社会弘扬工匠精神，“为全面建设社会主义现代化国家、实现中华民族伟大复兴的中国梦提供有力人才和技能支撑”。

“匠心聚，百业兴。”无论是传统产业，还是新兴产业、未来产业，大国工匠在发展新质生产力的历史进程中不可或缺。随着经济发展方式转型和产业结构升级，中国要实现由制造大国向制造强国的转变，实现由中国制造向中国创造的跨越，离不开广大劳动者的创新和创造，更离不开对工匠精神的继承和发扬，于是呼唤更多大国工匠成为时代强音。

文艺是时代进步的号角，最能代表一个时代的风貌，最能引领一个时代的风气。中国报告文学学会、中国工人出版社联袂推出“大国工匠人物传”丛书，以图书的形式为大国工匠树碑立传，让他们的故事和精神具有更广泛的交流传播价值和长久的史料价值。本套丛书的写作者奔赴大国工匠生活的城市，深入大国工匠工作的厂区、车间、工作室，获取了全面细致的第一手材料，最终将大国工匠的成长、成才故事呈现在读者面前。

“大国工匠人物传”丛书讲述的是个人奋斗史，也描绘出大国工匠的群体形象。可以说，这套丛书是目前国内系统研究众多大国工匠人生轨迹的权威读本，既有对每位大国工匠的整体介绍和事迹梳理，又有具体的事件、案例，全面、生动地展示了大国工匠各个人生时期的工作和生活状态。

新时代是奋斗者的时代，中国式现代化建设新征程这一宏伟事业为广大工匠技能人才成就梦想提供了广阔舞台。每位劳动者都是主角，都可以成为工匠精神的践行者。大国工匠是新时代的最美奋斗者，更是和平年代当之无愧的英雄。

国之大者，工匠先行，向着中华民族伟大复兴的目标砥砺奋进，行稳致远。

是以为序。

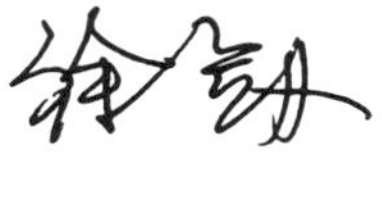

目　录

第一章 怀揣国防梦走进军工厂

很多年过去了，孙红梅依然清晰记得那个闷热的夏夜。

那时候，孙红梅顶多五六岁，正是对世界充满好奇的年龄。知了的叫声此起彼伏，蛐蛐儿偶尔也“吱吱”叫几声。爸爸摇着蒲扇，妈妈哼着儿歌，像往常一样安顿她睡觉。孙红梅却毫无睡意，她已经听爸爸讲了好几段故事，也听妈妈哼了好几首儿歌，不但没能闭眼睡着，反倒愈加清醒起来。

“妈妈——”孙红梅瞪着扑闪扑闪的大眼睛，炯炯有神地盯着妈妈，心血来潮提出新要求，“你给我讲讲你的奶奶小时候给你讲过的故事吧？”

妈妈先是一愣，随即明白过来。小红梅刚从爸爸那里听完爸爸的奶奶讲过的故事，现在要对比着听妈妈的奶奶讲的故事。她脑瓜子里想的东西从来天马行空，大概会像往常一样，要用自己的评判标准对二者分出个高低上下来。

“我和你爸不一样，我打小——没见过我奶奶。”妈妈声音低沉。

“什么？”小红梅提高了嗓门，“怎么可能？你肯定是骗人的。”她噘着小嘴，争辩说，“爸爸说过，每个人都有奶奶。”她把目光投向爸爸，显然在寻求支援。可她分明看到，爸爸的头扭向了一边，脸上浮着淡淡的悲伤。

“爸爸说的没错。”妈妈轻抚着小红梅的头，轻言慢语地说，“我原本有奶奶——你得叫——老姥娘。”妈妈语塞，显得对这个称谓极为陌生。

“那你还说没见过？”小红梅坐直了身子，得理不饶人地追问妈妈。

“可是我从来没有见过我的奶奶，你的老姥娘很早就不在了。”妈妈叹了口气，接着说，“那时候，你姥爷也才差不多你这么大。”

“不在了是什么意思？去哪里了？”小红梅连珠炮似的发问。

“被日本鬼子的炮弹炸死了。”妈妈长叹口气后，陷入了沉默。

“为什么？”小红梅瞪大了双眼，“日本鬼子为什么要炸死我的——我的老姥娘？”她拽着妈妈的胳膊使劲摇着，“到底为什么？”

孙红梅的老家在山东省淄博市沂源县的一个小山村。

1939 年的一天，她上小学一年级的姥爷在刚出门去学校的路上，就遇上侵华日军飞机的大轰炸。外曾祖母担心姥爷的安危，赶紧出门循着上学路去找。姥爷那次算是幸运，藏在大树后面躲过飞机轰炸，但和他一起的小伙伴因为跑慢了几步，被爆炸炮弹的弹片削掉半个脑袋，惨死在他面前。侥幸逃生的姥爷回家才得知噩耗：母亲被鬼子炸死，只从弹坑里捡回了一条胳膊。

姥爷那年只有 7 岁，他从此没有了妈妈，不得不辍学回家。

“日本鬼子为什么要到我们国家来？”小红梅哭着问妈妈。

“他们想抢夺中国的土地，霸占中国人的财产。”妈妈愤愤地回答。

“我们为什么不把他们打回去？”小红梅疑惑地望着妈妈问。

“那时候的中国太落后，打不过日本侵略者。”妈妈用仅有的知识解读那段悲伤的历史，“中国那时的经济、军事、科技和工业都比不上日本。”

“他们打我们——我们就一点儿办法都没有吗？”

“所以，他们就闯到我们这里，炸死了我的老姥娘？”

小红梅滴落的愤怒的泪水，悄然浇灌着她懵懂年龄里的坚定梦想。

“我要当兵去！”

孙红梅已经不记得，自己到底从什么时候开始在心底里埋下了一颗投身国防的种子。她清楚的是，随着时光的流转，这颗浸润她成长雨露的投身国防的种子，渐渐现出雏形，直到成为青春岁月里坚定不移的执着追求。

高考前夕，孙红梅志在军校，却在体检时因为视力不达标而未能如愿。

孙红梅与军校失之交臂后，考入了西安理工大学。

那时候，孙红梅对西安理工大学的了解非常有限，只从借来的一本高考手册里得知，那是一所以理工专业见长

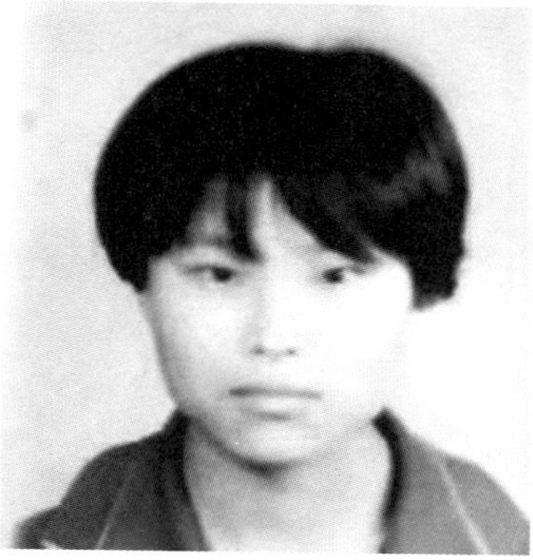

高中时期的孙红梅

的大学，其中的材料学恰好正是当时中国科技领域的短板，她决心通过自己的努力改变现状。孙红梅奔着这点去了，谁知到了学校才发现，看似入了“高大上”学科的门，学的却是“粗笨重”的焊接，跟大街上那些戴着安全帽干活的焊工看不出两样。孙红梅心里的落差显而易见，也非常迷茫。她感觉到，这个专业跟想象中的不一样，就算学完以后，也不知道能干啥，与她之前理解的材料科学似乎完全沾不上边。这种现实与理想的落差让孙红梅极为苦恼。后来，她分别跟家里人和辅导员请教。父母哪里能懂这些，只说先学着吧。辅导员说可以到工厂去，并且进

孙红梅大学军训中

一步鼓励她说，当你看不到学的东西有什么用处时，只管先努力学习，再慢慢地寻找契合点，总而言之，青春时光不要虚度，专业学习不能落后。否则，等到用的时候再发现没有好好学习，后悔晚矣。孙红梅听进去了建议，大学期间努力学习，积极进取。不但从来不逃课，而且每次都坐在教室最前排，认真听讲，扎实做笔记。基于此，孙红梅的专业课成绩经常名列前茅，笔记也成为同学的“课后参考”。在大学 4 年时间里，孙红梅为后来的工作打下了扎实的专业基础。

1999 年 5 月，孙红梅面临毕业。那时，大学生的毕业政策刚从“包分配”调整为“双向选择”。很多同学不适应，不知道如何选择。她呢，既想遵循爸妈的意见，离家近点，又要尽量兼顾后来成为丈夫但那时候尚是男朋友的建议，“稳”字当头。孙红梅举棋不定之际，发生了一件轰动世界的事件——5 月 7 日，我驻南联盟大使馆遭北约轰炸，邵云环、许杏虎、朱颖当场牺牲，数人受伤，大使馆建筑严重损毁。孙红梅和同学们一样，都极为震惊和愤怒。她跟随学生游行队伍示威的同时，更加沉痛地意识到：所有的谴责和示威都不及发展壮大国防工业更有力。

往事历历在目。她又回忆起童年夏日里的那个夜晚，

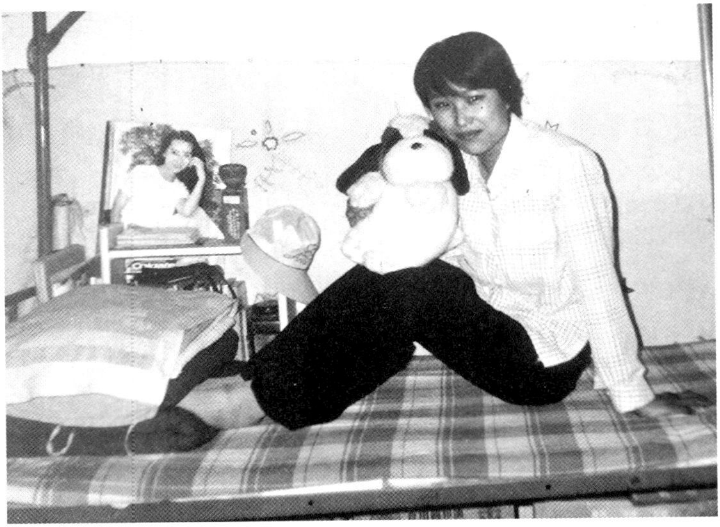

孙红梅在西安理工大学宿舍中

想起妈妈讲过的被日本侵略者飞机炸死的从未谋面的外曾祖母，想到落后就要挨打的真理。也在那一刻，她沉睡的抱负骤然苏醒，深埋心底的梦想破土发芽。

一个月后，孙红梅在西北工业大学的招聘会上应聘时，接触到一家军工单位。厂长亲自招聘，并且给她详细介绍工厂是隶属于空军的工厂，以修航空发动机为主，急需焊接专业的应届生……之前，她有很多选择；之前，她对未来举棋不定；之前，她抉择的标准是父母的意见、男友的建议，以及自己得失的考量。可是，从那一刻开始，孙红梅作出了属于自己的决定——投身到国防工业。

1999 年 7 月，孙红梅离开西安校园，到湖北大山里的新单位报到。

第二章 当焊工到底有没有出路

毕业后的孙红梅再出发，奔向一个崭新而又未知的人生起点。

离别免不了悲伤。孙红梅先是和同学告别，稀里哗啦地哭了一场，接着又送别先期报到的男友，那时候交通不便，觉得再见面不知得等到什么时候，又是稀里哗啦哭一顿。泪水浸泡的眼睛红肿未及消退，她就和两个同学踏上南行的火车，经过 10 多个小时的漫长颠簸，到达襄阳站。几人刚出站，又坐上厂里派来接他们的面包车。孙红梅望向窗外时，看见夜色已经包裹了眼前这座陌生的城市。从古城西安到古城襄阳，于孙红梅而言，虽有小小的失落，但目睹车外刚刚亮起的路灯和熙攘的人群，她内心方才稍稍踏实一些。随即，卡车穿过路灯，远离人群，一头扎进了沉沉的黑夜里。

孙红梅瞪大眼睛望了一会儿前方未知的道路，又回头看了一眼远去的城市，忍不住问司机："师傅，咱们这是往哪里去？"司机目不斜视地回答她："还能去哪里？当然是回厂里。"孙红梅皱起眉头："厂里？厂子不是在襄阳吗？"她清清楚楚地记得，招聘人员告诉过她，厂子在襄阳，她也明确无误地肯定，招聘简章和招聘人员留给她的报到地址和通信地址都是襄阳。可这会儿，刚刚抵达的襄阳在她身后越来越远，前方的夜色也越来越沉。

显而易见，司机师傅对孙红梅提出的问题早已见怪不怪。过完一个急转弯，司机师傅才微微转过头来，语气温和地解释说："你想想，咱们可是老三线厂，咋可能在市中心？"

孙红梅大概听明白了，不在市中心，那就是在山沟沟里。

面包车很快就驶上了通往山里的公路。孙红梅看到，

孙红梅 1999 年大学毕业照

路的一侧是连绵不绝的群山，另一侧是一眼望不到头的湍急大江。孙红梅看到的山都矮墩墩的，但一座挨着一座，一山接着一山，抬望眼，视线里只涌进巴掌大一片镶着星星的夜空。面包车像一条钢铁甲虫在漫无边际的黑夜里孤独前行。孙红梅看不清前面的道路，只记得那天晚上面包车一次又一次爬坡，车里异常安静。孙红梅望着倏忽而过的山山水水，心情沮丧到极点。她不断地看时间，颠簸了将近两个小时后，面包车才终于抵达黑漆漆的厂区。

“到了！”司机猛然一喊，吓了正打瞌睡的孙红梅一大跳。

他们到达时，天已经黑透。

孙红梅站在夜幕笼罩的广场上，天上的星星和月亮都被乌云遮挡，不见一丝光亮，四周也黑漆漆的，她分不清到底是山峦还是楼群。她弄不清从襄阳市到这里走了多少里程，但揣摩着，要返回襄阳市一趟必定不会太容易。

第二天一早，孙红梅终于熟悉了厂子的环境。

山连着山，山套着山，一山过后还是山。孙红梅生在山区，长在山区，对山再熟悉不过，如果非得说出这里的山和她老家的山有何区别，她显而易见地觉察出，这里的山比不上老家的山高大，但山上的树木比老家山上的树木更为丰茂。她从昨晚进山时就推算，走出这里的山肯定更加困难。

郁郁葱葱的大山映进眼帘的同时，一幕幕往昔记忆也如放电影般回荡在孙红梅的脑际。孙红梅打小就清楚，家里的经济并不宽裕，她也记得，从小学到初中，同村、同乡的同龄孩子一个个相继辍学，他们有的下地干活，有的外出打工。但在重男轻女观念盛行的老家，父母不管再怎么拮据，再怎么作难，却都咬紧牙关供她一直把书读下来，也从来都重复一句话：“赶快考出去，寻个好出路。”父母毕其一生盼她远离山区的闭塞和贫穷。

大学毕业的孙红梅倒真是离开了山东山区，却又转到了湖北山区。

能不能坚持下来？这是孙红梅画在脑海里的第一个问号。

她也在心底里默默问自己，我当初为何选择来到这里？是啊，维修航空发动机是一项助推空军建设发展的伟大事业，这是她的初衷和梦想。此刻，她已经站在了实现梦想的征途上，这足以成为她留下来的坚定理由。

孙红梅远望无穷无尽的连绵大山，在心底里激励自己：坚持，坚持！

不久，放心不下孙红梅的父母专程从老家来到襄阳厂区。一是要见见朝思暮想的女儿，二是顺道了解她的工作单位到底如何。厂子对孙红梅的父母像亲人一样热心接待，车间领导亲自到襄樊火车站接站，接到厂里后，先是带着孙红梅父母参观厂区，到了晚上，更是准备了丰盛的接风晚宴。二老对孙红梅的工作和处境极为满意，临走时，父亲叮嘱她说：“领导不错，好好干，勤快点，做啥

孙红梅（后排右一）和家人合照

事都要踏踏实实。”母亲还是觉得她离家太远，希望她找个近点的工作，彼此能够有个照应。

孙红梅嘴上应着妈妈的话，但心底里已经有了坚定不移的选择。

孙红梅到厂里不久，还没来得及熟悉工作和生活环境，就被安排了饱满的见习任务，那架势，就像恨不得他们刚报到，就要扛起厂子建设发展的大梁。孙红梅后来才知道，他们那批毕业生正赶上厂里青黄不接的特殊阶段，原来的技术人员退休的退休、辞职的辞职，导致技术人员极其短缺，就拿焊接专业来说，厂里走得只剩下一个即将退休的技术人员。

孙红梅刚进厂的时候被分到了五车间。五车间是机械加工车间，车间技术主任为了让她尽快成长，送她到一车间跟姜师傅学习焊接。不久，跟孙红梅同批入职的男同事离职，工厂又把她正式调到一车间，从零起步学习喷涂。短短一年多时间，孙红梅不但换了好几个岗位，学了好几个专业，而且不只是管焊接喷涂，还负担起火焰筒、导管等产品的正常修理。

对于上级的任何工作安排，孙红梅从来都没有一丝一毫的意见和怨言。但令她难以接受的是，原本想着修理飞机发动机是极为高大上的事业，可是在厂里没见着飞机不说，在车间里见到的待修发动机也丝毫看不出“高大上”的派头，黑乎乎，油乎乎，脏乎乎。她一个劲地反问自己：难道这就是所谓的“工业皇冠上的明珠”？难道维修这个算得上高科技？自己远天远地到山沟沟来就为跟这打一辈子交道？

一个个问题如铜锤敲头，震得孙红梅头昏脑涨。

虽然飞机发动机的观感大大出乎意料，但孙红梅还是决心干出个样儿来。喷涂技术掌握得差不多后，她又全身心地深钻焊接。孙红梅在大学学的就是焊接，她自认为焊接技术虽算不上精通，但焊接的手段和方式方法见识了不少。然而，当她正式接触焊接，才发现完全不是想的那么回事。

斯文的女大学生拿起了焊枪，就算在专搞焊接的车间，也绝对算得上是件稀罕事。在孙红梅去之前，焊接车间的主力要么是技校毕业生，要么是转业到工厂的军人，还从来没有大学生干这活儿，更不要说女大学生了。所以，拿着焊枪的孙红梅在车间里一出现，自然成了上上下下关注的焦点。

刚练手那阵子，有一回，孙红梅握着焊枪的手直发抖，手忙脚乱间不小心把衣服戳了个洞。她不服输，缓了口气，硬着头皮继续把焊枪朝钢板上杵，干了没一会儿，她握焊枪的手直发酸发软，但她不放弃，硬是咬牙完成了焊接作业。等到放下面罩看时，才发现自己勉强完成作业的焊缝粗细不匀、歪歪扭扭，活像一条逃命似的往前爬的毛毛虫。

孙红梅皱着眉头正琢磨，却听到一旁的小同事劝她说：“不管咋样，你将来都是要当技术员的，这些工人干的活不可能让你们长干，现在也就是让你们体验体验，找找感觉，你没必要真当回事，走走过场就行了。”孙红梅不解，扭过头，郑重地说：“我拿起焊枪就得干焊接的活，干好干不好关系重大，怎么能是走过场？”小同事见孙红梅如此郑重其事，忙给她解释：“我可不是专门说你——你们大学生哪有一直待在车间的？谁不知道你们就是在这里走个过场，将来肯定都去坐办公室。”小同事瞪大眼睛望着孙红梅，“你说说，你干这个用得着这么认真？”

孙红梅没再当场反驳，心底里却有了坚定的答复。

孙红梅从来都知道，干一行就要爱一行、精一行，要干就得干出个样儿来，成为本专业本领域的好把式。从那以后，孙红梅就铆着劲要把技术提上来。白天人多，任务也多，她上手的机会少，只能站在一边看着老师傅们干活。俗话说得好，眼过千遍不如手过一遍，孙红梅白天逮不到机会，就专门晚上或者周六日加练。那时加班的人少，她上手的机会就多。

有一回，孙红梅找老师傅请教某型号特殊材料的焊接难题。老师傅倾囊相授，她也心领神会，不多一会儿就运用自如。孙红梅正沉浸在技能提升的喜悦里，却听到旁边另一个师傅哀怨地慨叹："咱焊工就是个补锅匠。"

孙红梅顿然一怔，就像被迎面浇了盆冷水。

随着时间的推移，孙红梅慢慢体会到了老师傅苦涩话语里的无奈。那时，厂里的焊机都是老装备，焊接技艺也是吃老本。但凡领受了新的修理任务，有的零部件修得出来就修一修，如果损坏严重，装备和技艺跟不上，就只能直接做报废处理。焊接本来就是工厂的一个辅助工种，长此以往，势必越来越不受重视。

孙红梅又一次陷入苦闷，面临此种境况，焊接技术练好又能如何？

她在一个个寂静的夜晚辗转难眠，她一次次地扪心自问：这样枯燥的重复似乎跟之前的报国之志沾不上边，一直这样下去又能有什么价值？她在宿舍养了只小仓鼠，看

孙红梅在河南嵩山旅游时留影

着小仓鼠拼尽全力在微缩版摩天轮样的笼子里打转，她常常为小仓鼠的境遇生发出无以言表的巨大悲哀，孙红梅忌惮于度过相同的人生。那段时间，思女心切的母亲也常来电话，一开口就是跟她商量能不能换个离家近的工作。远在福建上班的男朋友也希望两人的距离能够更近一些。也在这时，一个在青岛工作的同学打来电话，不但劝她离开山沟到大城市去，而且很快就为她物色到一份薪金极为诱人的工作。

“在厂里当焊工到底有没有出路？”孙红梅一次次追问自己。

“走，还是留？”孙红梅陷入举棋不定的纠结。

第二章 一定要干出个样儿来

孙红梅心底里涌出要走的想法时，不用谁做思想工作，她心底里旋即又涌出一万个不甘心。她常常闷坐着在脑子里进行推演：自己这么老远跑这儿来为啥？还不是一腔热血想为国防建设作点贡献。可这还什么都没做呢，就筹谋着要走，好像有点儿说不过去。但很快，她又思忖，留下来又能怎样？就算把那些传统的电焊操作技艺完全搞精通，又能怎样？

“那就走吧？”她似乎作出了决定，却又分明不那么肯定。

“厂子偏远是离开的理由吗？焊接装备和技艺落后就非得走吗？”她扪心自问，这些动摇她离开的原因似乎又不足以让她作出最决绝的决定。

孙红梅在焊接车间学习时，有两个同事跟她同龄，但因为技校毕业上班早，她就称她们师姐。两个师姐都已结婚，二师姐刚生完小孩，孩子三四个月大的时候，为了焊工操作证复试，她抱着孩子千里迢迢跑到石家庄去考试。二师姐从来没有因为自己哺乳期而有一次迟到、早退或者拈轻怕重，她该干活干活，该焊接焊接，而且干完自己分内的工作后，还经常帮其他同事。大师姐正怀着孕，原本已经确定休产假，但厂子里那段时间任务重，人手不够，她就主动把自己的产假推迟。整天一大早就挺着个大肚子到车间，一干就是一上午，中午吃饭时稍作休息，接着又一干一下午。

那时候，孙红梅总想着，如果换了是她，还真不一定做得到两个师姐那样。她对她们的认识从最开始的不解，到质疑，再到最后由衷地钦佩。

那个时候，厂子里的焊接组跟发动机扩散器的修理组在同一间厂房。扩散器多是一些比较大的壳体类零件，使用过程中会发生不同程度的变形，为了校正这些情况各不相同的变形，就需要工人师傅用榔头反复用力敲打以恢复原状。

刚接触这个修理组的时候，孙红梅想当然地觉得这个应当算得上厂子里最轻省的活，可一起干活一天不到，她就直呼受不了。修理组从早上刚上班就开始“当啷当啷”地敲，要一直敲到下午下班。孙红梅只近距离待了一会儿，就感觉满耳朵满脑子都是令人烦躁的撞击声，嗡嗡作响，脑仁要爆炸似的。后来她还发现，几个师傅不光要在外面敲打，有时候还得钻到扩散器里面去敲，那噪声就更别提有多么聒噪了。长年累月下来，即使他们耳朵里常常塞着棉花团保护，也无一例外地造成了听力障碍的职业病。谁要跟他们说点什么，非得提高音量才行。要不然，他们准得大嗓门追着问：“啥？你说啥？”

“他们知道干这活得落这个病根不？”有一回，孙红梅禁不住问同事。

“当然知道。”同事直言相告。

“那既然知道，他们难道就从来没想过换其他工种？”孙红梅觉得这话问得不妥，但禁不住好奇，还是如实抛出了压在心底的疑惑。

孙红梅生活照

“你不干，我不干，总得有人干，那谁来干？”同事的反问就像冷不丁投过来的标枪，不偏不倚扎在了她的心口上，让她面红耳赤。

“是呀，这个活总得有人干，你不干，我不干，谁来干？”孙红梅扪心自问。

有事业的引领，有工作的需要，也有同事精神的感召，在一个个夜深人静的时刻，孙红梅不断问自己，当初为什么来，现在又为什么走，是不是必须走？孙红梅在不断自我审视中端正了方向，明晰了道路，也作出了一个坚定而又无悔的决定：不但不走了，而且还非得干出个样儿来不可！

第四章 从教训里得经验

孙红梅决定好好干，这是她态度的大转变。

孙红梅到底能不能干好？却只能真刀实枪地拿出真本事说话！

老师傅们在厂子里待的时间长，经得多，见得也多。一年又一年，军工厂仍然像春天的大地和秋天的枝头一样热闹，在大红横幅和励志标语营造的热烈氛围里，迎来一批又一批年轻人。老师傅们口里说着“欢迎”，心里却嘀咕着“这一茬不知道最后能留下几个”。那时候，年轻人选择空间大，往往一不称心就另谋高就。也正因为这样，年轻人到厂子之后，老师傅们一般都不急于进入实质性阶段的帮带，而是先让年轻人跟着磨磨性子。等到他们的心真真正正沉下来了，才真帮实带，年轻人也才算正儿八经入了门。

定下决心的孙红梅用自己的实际行动赢得了老师傅们的认可。他们说：“孙红梅踏实，可以带一带。”接下来，她踏踏实实地学习，跟老师傅们开启了自己的职业生涯。

孙红梅刚进厂学的是焊接，她的首个师父是厂里大名鼎鼎的姜巍师傅。

姜师傅的技术自然没得说，她不但在全系统十几个工厂的焊接比赛中拿过第二名的优异成绩，而且还是全系统焊接专业培训、评比等重要工作的重量级评委和裁判，参与过焊接规范的制定和修改。姜师傅也从来不惜力，全工厂都知道她焊接的产品不但焊缝漂亮，而且质量过硬，所以都把自己要焊的产品往姜师傅那里送。姜师傅也不嫌多，只要时间允许，她照单全收，而且从来不因工作量大而降低标准。同事们羡慕孙红梅跟了个好师父，孙红梅自己的心里却直打鼓。

孙红梅那时候学过氩弧焊、电焊和二氧化碳气体保护

孙红梅生活照

焊。她的焊接操作有软肋，用二氧化碳气体保护焊焊接平板的时候，不是焊不透，就是焊塌了，咋弄都不行，最后还是一个男同学帮忙，才让她勉强过关。有焊接软肋的孙红梅拜到焊接高手门下，咋能不在心里打鼓？

姜师傅水平高，要求也严，对徒弟就跟对自己一样严苛。孙红梅刚上手的时候怎么也焊不好，不是焊不透，就是焊多、焊漏，一条线焊下来，宽窄不一，深浅不同，歪歪扭扭，简直比蚯蚓爬还难看。姜师傅看到此种情况后，从来不给她留情面，当着所有人的面严厉地批评孙红梅：“孙红梅呀孙红梅，你自己看看，焊得这个也太差了。”孙红梅嘴上不说，心里却不服气：“师兄师姐们练了那么久了，我这才刚上手，怎么能拿同一个标准来衡量。”时间一长，孙红梅经得多了，也慢慢地给自己做思想工作：“都说严师出高徒，师父这边严到位了，我才有可能成为高水平的徒弟，最起码出去说是师父徒弟的时候，不给姜师傅丢人。”抱着这样的想法，孙红梅知短补短，效率也蛮高，一两个月后就不再挨姜师傅的常态化批评。

孙红梅以为不会再受批评的时候，偏偏又受到最严厉的批评。

那次，孙红梅受领了一个焊接机匣裂纹的任务。按照往常惯例，焊接产品都有工艺要求，如用什么焊机，焊接的各项指标是多少，焊到什么程度等。但那回的任务在工艺要求里没有，这就要求焊接人员自己编写故障施工单，明确各项指标要求。孙红梅想当然认为自己查得到机匣的材料、厚度，并且也基本知道受损部位的情况，就根据经验直接编写了施工单。姜师傅得知这个情况后非常生气，盯着孙红梅严厉责问："你对这个裂纹的情况有多少了解？有没有去看过故障点射线探伤的片子？如果没有的话，你咋知道你现在编写的焊接工艺是合适的？"一句句责问就像一发发炮弹，让孙红梅无言以对。孙红梅带着姜师傅抛来的一个个问题赶紧去现场查看，果然发现故障点有几个指标和她想当然编写的不一样。如果冒冒失失按她的施工单干，肯定得出问题。孙红梅惊出一身冷汗，深深折服于姜师傅的认真，并且记住了这个足以受用终生的教训。从那以后，孙红梅只要编写故障施工单，必定要把故障点仔细地反复查看和确认，没有完完全全摸清问题前坚决不下单子，这也保证了这么多年来从未出过问题。

孙红梅进厂第二年，又跟着李师傅学习喷涂。

有一天，孙红梅正跟李师傅进行换面喷涂时，需要移动喷涂夹具，但她换完面再夹的时候，上面的螺栓怎么都拧不紧了，只能拆下来。仔细一看，原来是用的时间太长，滑丝了，吃不上力，自然就拧不紧。

李师傅翻箱倒柜，也没能从工具箱里找到备用的螺栓，少顷，他转脸把目光投向孙红梅：“小孙，这个螺栓设计你在大学的时候学过没有？”

“学过，这测绘设计是我们的必修课。”孙红梅听得出，李师傅默认了她这个科班毕业的高才生扛得起这件事，所以用询问的口气给她交代新任务。

“那好，你把这个螺栓测绘一下，画个图纸，交给车间做一批。”李师傅果不其然把任务下给了孙红梅，“这个算不上复杂，你应该没有问题吧？”

“没问题，我这就测绘画图。”孙红梅看出了李师傅对她的质疑，也试图以实际行动让李师傅把心放到肚子里，“顶多两三天，保证做好。”

“好！好！好！”李师傅满意地点了点头。

两天不到，孙红梅就从车间取回了新螺栓。

“这么快？”李师傅颇感意外，又催促，“赶快装上试试。”

“师父交办的任务，必须特事特办。”孙红梅得意地说。

“赶紧安上，看行不行。”李师傅心里还着急着他的喷涂作业呢。

“肯定没问题。”孙红梅取出一枚螺栓，走近喷涂夹具。待她蹲下身子往上面一套，顿时傻了眼，大小不差，却无论如何都套不进去。

“螺距的问题。”李师傅也跟着着急道。他见多识广，一见那么个情况，就一针见血指出问题。

孙红梅试来试去，死活就是套不上，手忙脚乱的她红了脸，冒了汗，都不敢抬脸看李师傅。她找出原来的旧螺栓和新螺栓比对，这才发现李师傅指出的问题一点不差，旧螺栓是细牙，而她设计加工出来的是粗牙。问题就出在这粗细不一上。粗牙和细牙的差别不大，唯一不同在于螺距，粗牙的螺距大于细牙。她以前接触的都是常规的粗牙螺栓，这次领受李师傅下达的临时任务后，光顾着抢时间了，没想到测一测螺距，自然也就没有在图纸上标注出来，车间的师傅完全按照图纸生产，默认是常规的粗牙。

孙红梅吞吞吐吐地说出“对不起”的时候，没有迎来预想的批评和责备，师父只不过催促她：“赶紧标注好螺距，再给车间送过去。”李师傅眼里没有问题，他想的永远是怎样解决问题，关注的是如何最大限度不影响干活。

又过了两天，孙红梅领回了合格的细牙螺栓。她神情紧张地往上一套，这回是理所当然地套上了，她深深地吁了口气，终于有了勇气红着脸望向李师傅。李师傅微微一笑，什么都没有说。孙红梅是个敏感的年轻人，那一刻，她从李师傅无言的微笑里看到了自己的稚嫩，认识到了自己未来还有很长的路要走。

20 多年过去了，“螺栓事件”依然是孙红梅最难忘却的记忆。

正因为谨记着教训，孙红梅后来再也没有犯过类似的错误。

跟着李师傅学了一段时间的喷涂后，孙红梅掌握了基本的技术规范，也能够独立操作，用李师傅的话说就是“出师了”。

一次批评，一个教训，对于年轻的孙红梅而言，就像两本厚厚的书，既记录着她不堪回首的过往，又成为让她受用终生的宝贵财富。

多年后回顾往事，孙红梅坦言，特别感谢两位师父当年的严厉批评和严格要求，没有他们的“严”字当头，就不可能有自己后来取得的成绩。

第五章 考取焊接操作证

再说回姜师傅。

孙红梅去发动机修理车间报到的那天上午，除了见到一个年届六十将要退休的老技术员外，再没见到其他焊接技术员。孙红梅见此境况，正沮丧间，一位与她同年进厂的男生却告诉她："你到这里拜师是来对了，我们车间的姜师傅可是厂子里搞焊接的大拿。"那之前，孙红梅初到车间的技术组长曾带着她见过姜师傅。当时，技术组长推着自行车和她一起步行，两人从山脚下的机加车间一直走到山顶的主修车间。技术组长一边走，一边绘声绘色地给她讲姜师傅的事迹，说姜师傅是航空系统的焊接技能大师，非常干练，也很泼辣。

“怎么个大拿？”孙红梅迫不及待地催问，“你倒是说说。”

“你到时候见了就知道了。”男生卖了个关子。

到车间，孙红梅第一次见到姜师傅，她清楚记得姜师傅穿了件红上衣，黑裙子；微胖，短发，微笑地看着她，很和蔼。

孙红梅带着上回初次见面的美好印象，再次见到姜师傅时，不由自主地生出亲切之感。姜师傅在干活的时候利索细致，像是一个温婉娴雅的女同志，但是只要碰到徒弟活干得没达到她的标准或者是干活毛糙了，她又疾言厉色，经常不顾情面地对徒弟大声斥责。孙红梅心里直打鼓，这师父看起来竟是不好相处，以后怎么办呢？她惊惧的心理还没有平复就又转换到了惊叹——姜师傅接过师姐手里的焊枪，几乎一顺手的工夫，就一气呵成地完成了焊接。孙红梅惊叹于姜师傅的速度，惊叹于姜师傅的力度，惊叹于姜师傅的娴熟——待走近了，她更是大吃一惊，她第一次见识了近乎完美的鱼鳞纹。

孙红梅在心底里暗暗惊叹：“姜师傅真是了不得。”

旋即她又砥砺自己：“一定要跟着师父好好学习！”

高师高自己，严师出高徒。姜师傅是一个高师，更是一个严师。孙红梅常常产生一个错觉，自己不是在跟姜师傅学习，而是在接受姜师傅的考核。姜师傅一开始并没有手把手地教她焊接技术，而是从考核她理论知识等方面的基本功开始。为了应对师父的提问，孙红梅死磕焊接理论，她能够从容应对的时候，也终于从姜师傅的面庞上看到了笑容。也就是说，姜师傅慢慢开始真正地把她这个“外来户”当成自己的亲徒弟了。也在这个时候，原本对焊接生畏的孙红梅不但有了焊接的冲动，而且急欲验证自己烂熟于心的焊接理论。时间不长，孙红梅已经能够完成低难度的焊接任务，并且主动领受了更高难度的任务。

不久，姜师傅给孙红梅下达了一项新任务——考取焊接操作证。

孙红梅闻此，一下子傻了眼——她知道，厂里从来没对技术人员有过这样的要求，也从来没有哪个技术员考过这个证。她更知道，对于材料专业的她来说，非航空产品焊接的活干干还行，距离考证还差得远呢。

姜师傅看出了孙红梅的为难，不等孙红梅反对，轻声慢语却又掷地有声地问：“你说说，是想来到厂子里混一

2010 年时的孙红梅

混就走呢，还是打算长期干下去？”

姜师傅的话激得孙红梅面庞发烫。她之前想过走呢，虽然这会儿下定决心不走了，但此刻就像被姜师傅窥探到了隐藏的秘密，心底里愧得慌，也臊得慌。她微微低下的头终于抬起来，笃定地望着姜师傅说：“干下去。”

“那就好。”姜师傅推心置腹地对孙红梅说，“你是厂子里的技术员，技术员拿什么立身？肯定是技术。你既然决定长期干下去，就必须得长点真本事，能够证明你有真本事的，只能是专业操作证书。”同时，姜师傅还叮嘱孙红梅道：“必须通过考证锤炼实践经验，弄懂弄通是怎么操作的，才能真正干好技术。”

姜师傅的话句句在理，孙红梅决定报名考取焊接操作证。考取证书需要三项技能：一是平板焊接，就是把两块平板焊接到一起；二是“T”形接头的平焊；三是管子和管子的对接焊接。俗话说得好，外行看热闹，内行看门道。这些考核内容听起来似乎不难，但真正入了这行的人才知道，技术稍微跟不上就有可能过不了关。

孙红梅应了姜师傅，君子一诺重千钧。那段时间，孙红梅着了魔似的苦练操作技能。设备忙的时候，她背记理论；只要等到设备一闲下来，她就接手实操，能让她停下来的，只能是下一个等着用设备同事的催促。正值夏天最热的时候，车间里又没有空调，她一干就全身湿透，加上电弧和火焰的炙烤，身上常常就像是淋过雨一样，汗水哗哗地往下淌。通常到干了一天结束的时候，她才觉出手臂酸痛无比，腰也累得直不起来。更严重的是，若是不小心被电弧打伤了眼睛，眼睛在很长一段时间都持续生出非常强烈的异物感，又肿又痛，眼皮稍微一闭，眼泪就止不住地流下来。有时防护服穿不到位，裸露的皮肤全被烤得脱了皮。

艰难困苦，玉汝于成。孙红梅凭着这股劲头，顺利通过了中国航空工业焊接委员会组织的专业考核，获得了厂里焊接技术员的第一张焊接操作证。考核对孙红梅而言，是能力的验证，更是技术的淬炼。经此一役，孙红梅的焊接技术有了肉眼可见的进步，她焊接的鱼鳞纹更均匀，不久就独当一面，挑起了火焰筒、导管、导向器等门类故障产品焊接的大梁，并开始编写焊接工艺方面的书籍。同时，孙红梅也收获了干成事的经验和信心。

后来，孙红梅学完氩弧焊，车间又换了新电阻焊机，她又着手从来没有接触过的电阻焊工艺的开发。孙红梅一遍又一遍进行电阻焊试验，承担了从试样焊接到检验，再到理化试验，最后进行工艺编制的全部工作。孙红梅在规定时间内完成了工艺开发，得到了领导、同事的好评。

虽然在专业上取得了巨大进步，但孙红梅清醒地知道，自己的焊接之路才刚刚起步，未来的征途渺茫浩远，她必须以更大的毅力坚定前行。

第六章 受损火焰筒起死回生

孙红梅在姜师傅的严苛帮带下成长迅速，很快就能进行焊机的独立操作，不久，完全可以独当一面。

孙红梅刚“出师”，就开始和老师傅们一起，承接厂里下达的各种焊接任务。有一次，焊接组接到焊接一批火焰筒的任务。火焰筒是由钣金环段缝焊接而成，焊缝部位是双层结构，裂纹就在焊缝上，有的地方裂纹长达 1/3 圆周，如果焊接量大，焊接应力和变形必将难以控制。

难归难，姜师傅和孙红梅还是坚定地把任务接下来。

上手焊接时，孙红梅之前预判的问题果不其然一一出现。裂纹部位材料厚，需要采用较大的电流，但这样零件受热大、焊接部位容易变形，零件装配在一起后，尺寸超过了技术要求，导致发动机性能不满足要求。而且大电流也引起较大的焊接残余应力，此种情况下运行，特别容易产生裂纹。

姜师傅带领孙红梅和其他焊工，一次次试焊，终于把焊接变形控制到了合格范围内。孙红梅满心欢喜地把修竣的火焰筒放到发动机上试车，结果令人沮丧——看起来没有问题的焊缝竟全都出现裂纹！一大批受损的火焰筒放在眼前，姜师傅无计可施，大伙儿感到沮丧，心疼那些将近百万元的火焰筒眼看就因无法修竣而成为废品。

攻坚克难必定要吃苦头，孙红梅和同事们也躲不了这一关。

姜师傅语气温和地带着大家一起分析原因。她把解决思路一股脑儿抛给了孙红梅等人：“我们现在遇到的问题是焊接时的残余应力导致变形，继而出现裂纹，那么解决裂纹的唯一方法是不是就是减少残余应力？”孙红梅点点头。姜师傅继续分析：“我们现在需要做的是，焊接电流不能太大，否则焊透率就高，而且焊接应力大，背面还容易

孙红梅（左二）在乌克兰学习

形成焊瘤，会影响火焰筒内部气流的气体流道；可是如果电流小了，又容易焊不透，就会导致焊缝有效承载面积降低，焊接质量不合格。”孙红梅刚刚舒展的眉头又一次拧在了一起：“是呀！可是咱们也是通过试验验证，在保证焊透的情况下，已经把电流降到最小了，这种工艺……”孙红梅把话说到一半就停住了。姜师傅当然清楚她欲言又止的话里的意思。车间里使用的一般直流氩弧焊进行常规焊接没问题，但遇有特殊要求时，尤其达到刚才姜师傅提及的既要“焊透”又不能产生较大应力的要求，实在难以满足。姜师傅接了孙红梅的话继续说：“工欲善其事，必先利其器，要想有理想的效果，必须有理想的工艺，针对现在面临的特殊问题，我们可以试着开创一种新的工艺。”也就是在这个时候，孙红梅才从姜师傅那里知道厂子里刚引进新的装备——林肯焊机。

林肯焊机由美国林肯电气公司生产，和之前厂子里使用的其他焊机比起来，它最为突出的特点就是功能强大——除了常规的直流氩弧焊，还有交流氩弧焊，而且其直流和交流氩弧焊还都有脉冲功能。姜师傅知道这个功能，却从来没用过，她清楚，要想解决火焰筒焊接遇到的难题，必须用到这台“外来的和尚”。这台林肯焊机到底该怎么用，姜师傅不懂英文，也从没用过。搁置了很长一段时间的难题兜兜转转，又沉甸甸地落在了姜师傅和徒弟们的肩膀上。

千难万难的第一难就是翻译。

孙红梅对照英汉词典，先是把说明书翻译过来，这个环节相对容易，多是些惯用词语，虽然有些叙述方式较为生僻，翻译起来费些周折，但是他们多请教些专家，再结合对焊接技术的了解，大体能翻译个八九不离十。英文变成了汉语，接下来就要把汉语字面意思学懂悟透，运用于实践操作。

随后，在姜师傅的带领下，他们又探索调节各种工艺的具体参数。比如，脉冲氩弧工艺中的脉冲幅度决定了它的基值电流应该调多大，占空比由峰值电流在整个脉冲阶段所占比例决定等。他们一一试验，一一调节，又一一确定，很快就啃下了这块硬骨头。

这时候，他们关注的焦点又回到那批险些成为废品的火焰筒上。

姜师傅又亲自操作，她放弃之前电流恒定的直流氩弧焊，重点开发脉冲电流的氩弧焊功能。焊接是个技术活，更是个经验活，焊机的功能是否强大固然重要，但操作人员的操作能力更是决定了焊接质量的关键。即便用上了超出预期的林肯焊机，如果技术不过关，要想解决焊接火焰筒遇到的难题也绝非易事。

办法只有一个，那就是不断地试验，然后标定参数，之后遇到类似问题的时候，再按照标定的参数操作。他们这时候做的标定参数的工作，相当于两军交火战场上冲在

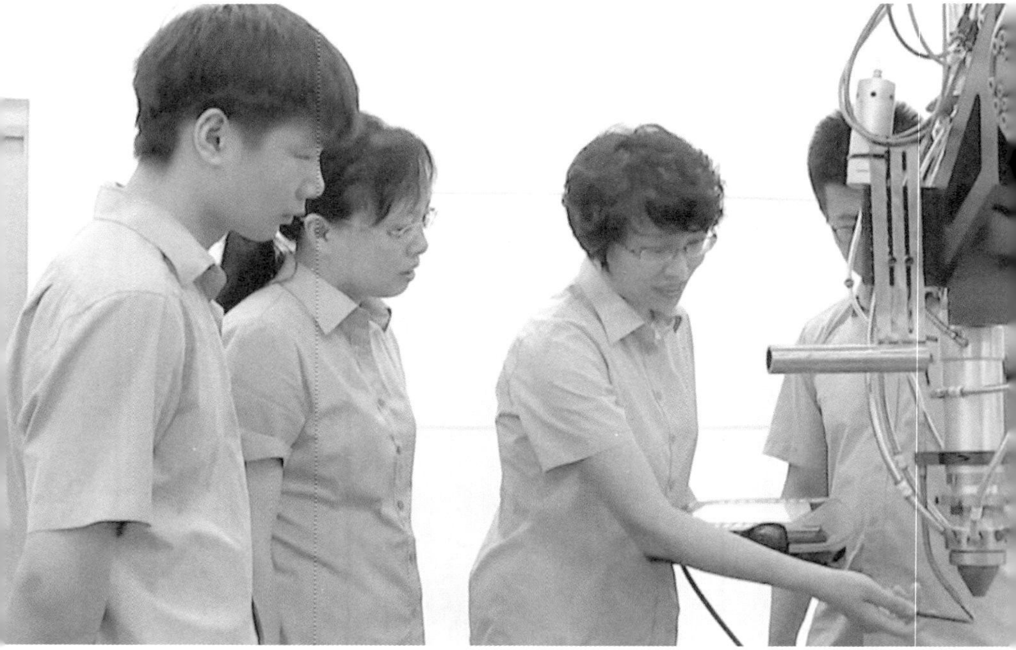

孙红梅（右二）讲解激光熔覆工艺

最前面的尖刀班。

在孙红梅的印象里，姜师傅就是焊接领域的权威。但这回，孙红梅第一次发现姜师傅也犯了难。但姜师傅不信邪，试焊的时候她冲在最前沿，亲自操控焊机，一遍遍试验。孙红梅站在边上，看着姜师傅聚精会神地焊接，头发湿了，汗水顺着脸庞往下流，姜师傅抬起胳膊擦一把，继续干；衣服湿了，她就像全然没有觉察到，只管埋头沉浸在工作里。

功夫不负有心人，在一次又一次的失败之后，姜师傅带领他们精确标定了焊接火焰筒的参数。随即，那批火焰筒起死回生，全部通过验收。

与此同时，孙红梅深切感受到了技术创新的伟力，不管多么难啃的硬骨头，只有借助科技加持，才能催生操作工艺革命性的巨变。

第七章 转战新『战场』

孙红梅入厂两年多的时候，在技术上已经能够独当一面了。

这时，厂子里的焊接难题如果到不了非得劳烦姜师傅的程度，大部分人都会说："找小孙，她准能行！"孙红梅不但继承了姜师傅的精湛技术，而且也继承了姜师傅的热心干练，只要不是极为特殊的情况，她都能很快完成大家交办的任务，越来越让同事觉得能托底。

当孙红梅摩拳擦掌准备大干一番时，遇到了个新情况。

有一天，孙红梅被叫到车间主任办公室。她进门一看，迎门当面坐着的竟是厂长。她正发蒙呢，厂长就开口问：“小孙，我今天过来跟你商量个事情，我们的襄发公司正在建设新机生产线，那边急缺焊接技术人员。”孙红梅下意识地挠挠头，疑惑地看着厂长。

“襄发公司的情况你应该也知道，不知道你愿意调过去吗？”厂长定睛望着孙红梅。

孙红梅极为惊讶。厂长说的襄发公司是在原来民品公司的基础上发展起来的。民品公司经营不善，濒临破产，大多数员工都下岗了。那时候正赶上工厂上新机，工厂决定在民品公司的基础上重新建设发动机的修理线。为此，工厂把原来已经下岗的职工招回来，说服一些退休的老同志继续发挥余热，同时又从谷城厂区调了部分员工过去，建起了生产线。当时生产线建立的时候，民品公司厂区一片荒芜，草长得比人高。工作难干不说，待遇也比主厂区低了很多，大家都不愿意到那边工作。

“你也不用急于答复，”厂长慢条斯理地说，“就是先征求下你的意见。”

“我去！”孙红梅答复得斩钉截铁。

“啊？”厂长显然有些意外，又赶紧夸赞孙红梅，“不错，有大局观！”

孙红梅是军工厂的一员，她不怕苦，不怕累，更不怕待遇低，她怕的永远是自己能力不行，不能用自己的价值为单位实现价值。这一回，面临组织的需要，她当然义不容辞，对她来说，能被单位需要就是最大的价值。

孙红梅应了厂长，转过头却看到了车间王主任一直没有说话。这时孙红梅突然觉得很愧疚，自从来到一车间，王主任就一直在想方设法地培养她，她这才刚能挑起大梁，就答应了厂长要离开，而没有考虑王主任的感受。但厂长调她是出于大局考虑，在这件事上，王主任没有阻拦，而是嘱咐孙红梅调过去了好好干。

在那个细雨纷飞的春天，孙红梅在同事的帮助下，把行李装在大卡车上，来到了襄发公司。来到这里，孙红梅才发现新机试修生产线的建设已经热火朝天地干起来了，大部分专业的工艺都已经基本编制好了，但是焊接和喷涂专业还基本为零。对新厂区来说，这是一个新的机型，与在谷城主厂区的老机型完全不同，不但发动机原理和构造不同，而且使用的材料也不同，要想编制工艺得先学习发动机各部件的结构、故障情况。为了尽快了解发动机，孙红梅找到不同部件的维修师傅和技术人员尽快了解情况。

孙红梅在观察叶片焊接质量

孙红梅第一次到襄发公司焊接喷涂班组，惊讶得半天没缓过来，一间小房子只有孤零零的一台设备和一名焊工老师傅。让她更震惊的是，喷涂更是没有厂房没有设备。设备不足怎么能开展试修工作和开展试验呢？

实在没法，等到需要喷涂的时候，就把产品从新厂区拉回谷城厂区，而且不是随时能拉，要等到谷城厂区设备暂时不用的时候才行。孙红梅和同事常常下班后开车一个多小时拉着产品到谷城厂区完成喷涂，再跑上一个多小时回到襄阳厂区，这时候，往往已经到了凌晨。周六周日也常常休息不了，孙红梅经常和当时搭档最多的李师傅跑到谷城厂区去干活。

和设备一样短缺的还有人，尤其是懂技术的人。喷涂作业是个需要协作的活儿，要有人做产品保护，有人拿着喷枪喷涂零件，有人守着控制柜以便出现紧急情况时能快速处理，等等。每次作业的时候，只靠李师傅一个人显然干不过来，孙红梅不得不暂时放下自己手头编制操作工艺的活过来帮忙。长此以往，虽然很辛苦，但她也学到了很多。

支撑孙红梅的，除了自己的责任心，还有身边前辈的榜样感召。

李天恩高工已经 70 多岁了，为了解决产品修理中的一个难点问题，主动带队到千里之外沈阳的一家企业“取经”。等到回来的时候，他在火车站拎着包，两只手展开，高兴地带着年轻人一边跑，一边笑。突然他停下了，转过身来，兴奋地说：“你们看我身体倍儿棒，是不是还很能干啊？”他脸上洋溢着欢乐，眼睛里绽放光芒，心中蕴藏大爱，就像个天真的孩童。

韩小渝高工退休前是工厂副厂长，在襄阳厂区负责厂内资源协调工作。她常犯偏头疼，一疼起来就受不了，她常用力揪自己的眉心和太阳穴，直到揪得发紫。孙红梅有时看见了，就帮她按摩头皮，按一按稍微能缓解些，但过不了多久，她就又开始疼痛。即便这样，孙红梅也从没见过韩小渝高工休过一天假。她有一次实在忍不住就问：“韩阿姨，您身体这么不舒服，怎么不休息一天？”韩高工笑着回答她说：“这都是老毛病了，忍一忍就过去了，再说了，生产上这么多事，我肯定走不开，咋说都不能耽误了工作！”

还有很多前辈高工，大多数都是已经六七十岁的人了，个个都精神矍铄、神采奕奕，尤其是干活的时候，劲头十足，丝毫不输二三十岁的小年轻。

孙红梅受到这些老前辈的精神感召，更加拼尽全力地工作，力争为襄阳厂区作出更大的贡献。

焊接车间人员短缺，只要来了任务，孙红梅次次不落都跟上去，那边的活干完了，别人可以休息，她却不行——得转换阵地编写急需的喷涂和焊接工艺。所谓的工艺，就是襄阳厂区将要承担的新型号飞机发动机每个零件、每种故障焊接和喷涂的技术要求和参数。这个工作听起来容易，做起来却极为繁复庞杂，每个问题不可能纸上推演，每个数据不是信手一写，每个动作不是想当然，都需要扎扎实实地诊断、检测和反复试验。

没有成熟的工艺就没法开展工作，孙红梅肩上责任重大，她不得不昼夜不舍地埋头加班。

孙红梅经常白天跟师傅们一起干活、做试验、测数据，晚上人少安静的时候，才独自到相对安静的厂房二楼，整理编写工艺规程。有一回，她下到一楼的时候，厂房里黑漆漆一片，同事们都已经走完，就连厂房的门也被误以为自己是最后一个走的同事从外面锁上。那时候手机还不普及，厂房没有电话，距离生活区又远，孙红梅找不到人开门，只能在漆黑的厂房里摸索，最后终于在卫生间找到一扇开着的窗户，从窗户翻了出去。

后来，孙红梅的工作地点换到了另一处厂房，那处厂

孙红梅（左）与同事一起进行单晶叶片焊接修理

房在一大片农田的中间，农田边上还有一片树林。那时候，她也经常晚上一个人在寂静的厂房里，开展工艺试验，经常忘了时间。下班时，孙红梅在漆黑的厂房里，惯常看到厂房走廊尽头窗洞里透出的淡黄色微光，还有出门处门框上“安全出口”的幽幽绿光，这让本就胆小的她尤其心生畏惧，忍不住狂奔而逃，头也不敢回。有一段时间，她丈夫建设高速路的工作地点离家近，就经常在厂房门口等她。她丈夫只要看到黑夜里有个惊惧奔跑的身影，就知道这是孙红梅加完班出来了。这样的日子过了将近两个月，她负责的焊接工艺编完，终于结束了提心吊胆的日子。

丈夫为此经常调侃她说：“胆子咋还是那么小？”

孙红梅对此羞赧一笑。

她说不出答案，或者说她压根就没有答案。

第八章 精准焊接进口叶片

焊接是个技术活儿，在承接任务的过程中，难免遇到一个又一个的技术瓶颈。解决了，形成经验，前面是一马平川；解决不了，横亘在那里，不能视而不见，更不能避而远之，必须倾尽全力去攻关，直到问题解决。

2005 年的时候，孙红梅已经具备了扎实的焊接技术。

那段时间，但凡厂里来了焊修任务，若是常规性的，她三下五除二就能轻而易举地解决问题。即便略微特殊的情况，她经过一番分析和诊断，也往往能很快找到故障点，并精准妥当地予以处理。同事们夸她干事踏实，一有产品需要焊修，往往首先就想到她。孙红梅每当听到同事们的肯定或者赞许时，都羞涩地摇摇头。

有一回，焊接车间接到的任务是修复一批引进型号发动机的涡轮叶片。涡轮叶片的工作原理是，通过高速燃气推动涡轮做功，在这个过程中，发动机振动加上叶片彼此之间的摩擦，周而复始长期运行后，会产生或多或少程度不一的裂纹或者磨损。

孙红梅领受任务后，并没有急于开工，而是通过各种渠道找到了外方生产厂家针对此型号产品的大修手册。手册上写得很清楚，允许在出现故障后进行相应的焊接修理，并且建议使用钨极氩弧焊。同时，手册还详尽地给出了焊修时用到的焊接电流、焊丝直径等具体数据。孙红梅对这些第一手资料大喜过望。按说接下来的工作就非常简单了，大修手册上有方法，也有数据，照着做就行。但是呢，待孙红梅和同事们把焊枪往零件上一杵，就意识到根本不是那么回事。叶片的形状类似于缩微版的月牙，中间厚，两边薄，最厚的部位大约 1 毫米，最薄处仅有 0.3 毫米，就像是刀刃一样薄。起始焊接的部位是个棱边，电弧一挨上去，叶片就熔化，随之形成铁水液滴，往下一流淌，叶片的尖角就烧塌了。一个问题没解决又来新问题，因为叶片材质属性和结构使然，导致散热差，热容小，焊接时很容易产生裂纹。孙红梅和同事们试了一次又一次，每个问题都找不到解决良策。

孙红梅焊不了，只能再去请教姜师傅。姜师傅一听到叶片材料，就告诉她：这种材料焊接性很差，一焊就裂。她怕孙红梅不信，就用报废叶片试验，结果一边焊接，一边听到“啪啪啪”的微弱声音。孙红梅清楚得很，这是裂纹扩展声。姜师傅凭着丰富的经验下了结论：这种叶片咱们焊不了！

“难道一点办法都没有？”孙红梅不甘心。

“咱们的条件不行。”姜师傅摇摇头。

“那……谁行？”孙红梅盯着问。

“专业研究所，”姜师傅望着孙红梅，“他们兴许有办法。”

“太好了，”孙红梅催促姜师傅，“师父，那咱们赶紧去呀。”

姜师傅带着孙红梅和叶片样品到专业研究所请教。研究所给出详尽结论——这是一种铝和钛含量非常高的高温合金材料，铝和钛的含量导致焊接的过程中容易产生裂

孙红梅在研究高导内机匣激光熔覆

纹，而且这还仅是当下容易发现的。换言之，更大的隐患在看不见的地方——这种特殊的合金材料具有延迟开裂的特性。也就是说，即使焊接完成后看不出任何问题，甚至经过检测都探不出损伤，但等过上一段时间后，也仍有突然出现裂纹的极大可能性。而且，这个延迟的时间难以把握，有可能是一两天，也有可能是一两个月。孙红梅和姜师傅再清楚不过，这种延迟开裂对于飞机发动机而言，是极为危险的事情。结合以上分析，研究所的专家坦言，钨极氩弧焊不是最佳选择，建议更换为真空钎焊，在磨损的部位焊接一个耐磨块，这样也可以解决上述问题。

“真空钎焊的强度能够满足产品使用要求吗？”孙红梅心直口快问。

“理论上是，”对方的专家谨慎地说，“具体效果还得通过验证。”

按照专家的建议，如果采用真空钎焊，就完全改变了叶片叶冠焊接的技术状态，需要耗费大量的时间和试验做深入的论证，但是厂里急需形成叶片修理能力，根本等不起。其一，叶片属于关键零件，焊修后需要进行 750 个小时的试车。在这 750 个小时里，发动机要按照规定的程序进行运转，仅是每小时烧油都得好几吨，而且在这个过程中，需要各个岗位、各个要素的人员参与，除此之外，还要为试验配套非常多的物质资源。其二，这个过程需要耗费很长时间，从头到尾搞下来最少得两三个月。关键问题是，就算这么一套繁复的程序走下来，这套焊修方法也不一定能解决问题。

孙红梅了解到，国内有一家类似的专业叶片厂。国内这家厂子的叶片与进口叶片的型号不一样，材质也有所不同，但她思忖，既然都是叶片，肯定有共通之处。随即，她赶赴厂家请教。

孙红梅到了厂家之后，发现对方的叶片除了稍厚些，形状与他们的几乎一模一样。她眼见着厂家技术人员娴熟焊接后，不但留下匀称漂亮的焊缝，而且经检测，焊修效果完全符合要求。她迫不及待让同一个技术员试着焊修之前失败的报废叶片，令她沮丧的是，厂家技术员用他的焊机在孙红梅拿来的叶片上同样无计可施——铁水液滴流淌又一次造成塌陷。厂家研究后给出结论，这么精细的叶片在当前的操作水平下很难成功焊修。

孙红梅并没有因为一个沮丧的结论而打退堂鼓，相反，她惊喜于此行有一个意外的收获——这家厂子虽然用的也是钨极氩弧焊，但型号与孙红梅厂的不一样，同样的焊接参数，焊接效果却不一定相同——她受此启发，举一反三想，这样来说，极有可能外方默认的设备与他们的也不一样，所以修理手册上给出的参数不但失去了准确性，而且对他们之前的焊修造成了误导。这个思路一旦形成，孙红梅就觉得不但看到了焊修成功的希望，而且全身充满了力量。

那么，焊修参数到底是多少？

孙红梅决定通过锲而不舍的试验获得第一手数据。之前焊接电流大，单位时间内聚集到叶片上的热量就高，导致较大焊接应力；焊接速度慢，焊枪在每个点停留时间长，热量聚焦，同样增大应力。以上这些客观存在的问题，都不可避免地增加了含铝钛量较高的叶片的开裂风险。针对这些发现的突出问题，孙红梅首先从调控电流开始。试验期间，她把电流从之前的 10 ~ 20 安培调到理论值最小的 2 安培，然后逐步增加电流，发现电流在 15 安培时，叶片中间部位的焊缝成型很好，铁水基本不会出现流淌，但是叶片的两个尖角还会被烧塌。后来，她发现焊机可以对起弧电流进行控制，所以又将起弧电流控制到最小，较好地解决了焊塌问题。与此同时，她敏锐地发现，以前焊接时电弧首先对零件进行加热，先在零件上形成熔

孙红梅在进行单晶叶片焊接修理

池，然后将焊丝送到熔池里熔化形成焊缝。之所以如此操作，是因为以前的焊修产品较大，这样操作有利于焊透。这次焊修叶片的情况正好相反，以前需要的热量在这里成了累赘，必须尽可能减少。孙红梅尝试直接加热焊丝，待焊丝熔化后再与零件产生扩散形成焊缝。通过这种创新性改变，孙红梅很好地解决了热量聚集问题，但接着又出现焊不透的隐患。真是按下葫芦浮起瓢。

孙红梅不甘心在小小的叶片上败下阵来。为此，她长时间利用晚上车间没人时一个人试验。失败了一次又一次，终于，当没有塌陷的匀称的合格焊缝出现在眼前时，她知道自己闯过了前进道路上的又一个难关。

之后，厂里用孙红梅实践得出的参数对所有叶片进行了成功焊修。

孙红梅领衔的这个焊修项目，不但获得军队科技进步奖三等奖，还让她明白了一个受用终生的真理：困难从来不可怕，可怕的是失去战胜困难的决心。

第九章 抢修待报废高导内机匣

2007 年，孙红梅所在的工厂承修了一批某型号发动机，经过仔细探伤，发现这批发动机的问题主要是高导内机匣多发裂纹故障。当时，国内同类型号发动机的高压涡轮导向器内机匣如果出现裂纹，就直接停修。当时，他们厂没有太明确的标准是否可以修理，而且当时发现的裂纹基本上都小于 20 毫米，基体材料也是常用材料，加上部队急用，他们像往常一样，加班加点地完成了焊修。焊完后，经探伤检查，不论是焊缝还是机匣整体，都没有问题。随后，孙红梅和同事们将机匣安装到发动机上试车，也没发现问题，于是他们将修竣的发动机交付部队。但没想到的是，这批发动机到外场使用后，经常规的每50小时内窥镜检查，发现焊修的高压涡轮导向器内机匣焊缝的旁边又出现了新的裂纹。

部队将这一情况反映到厂里后，厂里很重视，进行了深入剖析研究，并且很快发现问题的症结所在。他们发现，这个基体材料的工作温度在850多摄氏度，而这个数值又正好在材料的退化温度区间。焊修合格的产品在使用一段时间后，强度和塑性降低，导致在承受较大应力时容易产生裂纹。与此同时，他们发现更为严重的问题在于，采用氩弧焊焊修后，修复区域会有较大的焊接残余应力，产品在工作中承受的压力与焊接残余应力叠加累积，更容易导致裂纹的出现。面对此情况，大家一时不知如何应对。

部队急需修竣的发动机，而厂里一时半会儿又无计可施。不得已的情况下，他们只能将希望寄托于技术和设备更为先进的某研究所。随即，他们联系对方，将问题产品送去修理，修好后，再回到厂里安装试车。往返几次之后，孙红梅意识到长此以往也不是办法。首先，机匣来回在路上耽搁的时间太长，经常耽误了发动机的修理周期；其次，是问题产品修完后回到厂里进行射线探伤的时候，经常发现有的地方没有焊好，不得不返回研究所再次焊修，如此一来，更加延误了修竣交付时间。

孙红梅不断在心底里思忖：“必须想办法改变这种状况。”

随着承接的任务越来越多，孙红梅和同事们的认知也在不断提升。他们发现，不论是经过研究所反复修理的机匣，还是他们原先采用氩弧焊修理的机匣，卡槽部位的尺寸往往都难以符合技术要求。如果裂纹在卡槽中间，焊完后，卡槽往往会往中间收，也就是卡槽的间距变小。这个间距一旦变小，叶片就装不进去，即使硬塞进去，因为有应力在里边，使用过程中对叶片本身的应力分布有影响，也容易导致叶片产生裂纹。如果裂纹处于卡槽外面边缘，焊修以后，焊缝就会把安装边往下拉一点儿，这样的话，整个卡槽就又变宽，叶片虽然容易安进去，但在里边活动的空间变大，导致叶片位置在使用过程中发生改变，使燃气的通道面积不稳定，影响发动机的整体性能。

经过仔细分析，孙红梅意识到导致卡槽间距不论变大还是变小的根本原因在于，焊接中产生的热量过大，大

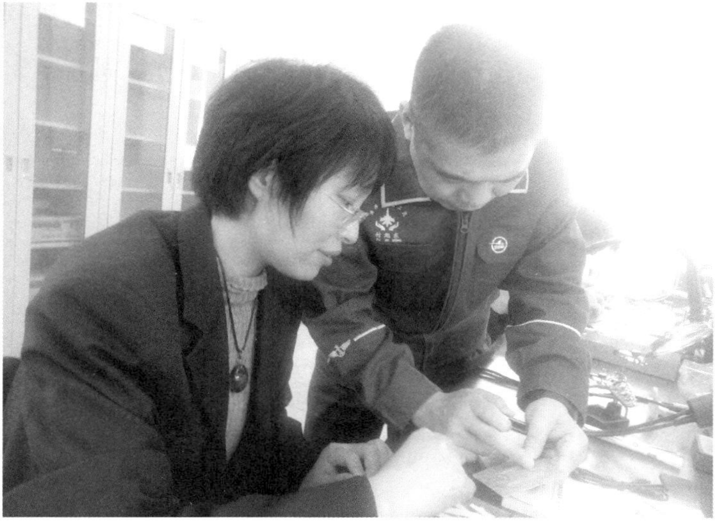

孙红梅（左）与“蓝天工匠”付旭东一起研究烙铁钎焊

热量导致大变形。那么，如何通过减少焊接热量减小变形呢？孙红梅深知，世上所有问题都是和解决问题的答案一同产生的，她现在面临的问题也不例外，不是没有解决的办法，而是那个办法暂时没有被她找到。很快，孙红梅想到了跟姜师傅一起研究过的脉冲氩弧焊工艺。随后，她就废寝忘食地沉浸在厂房里，用同事的话说：“她简直就是跟发动机一起过日子了。”孙红梅一边试验，一边失败；

一边失败，一边找原因。不久，她就研究出针对此种故障机匣修理的新工艺。那就是将电弧加热在焊丝上进行，如此一来，就把热量分散到焊丝上，让基体尽量少受热，焊修完成后果真减少了变形。

孙红梅尝到了创新工艺的甜头，她再接再厉、举一反三，对其他故障机匣如法炮制地进行焊修，并且不断优化技术工艺，将焊修后的卡槽变形从 1.2 毫米降到了 0.15 毫米左右，控制在 0.2 毫米的公差范围，满足了使用要求。

第十章 激光焊工艺的突破

说起为何研究激光焊工艺，孙红梅的回答简单直接：发动机待修机匣的裂纹越来越长，要解决遇到的新问题，必须研究新工艺。细说起来，他们当时的确是遇到了必须跨越的新障碍。首先，正如孙红梅所说，机匣裂纹越来越长，即使不断优化脉冲氩弧焊工艺，也难以完全解决焊修过程中的卡槽变形，为了挽救更多的机匣，急需开发优于脉冲氩弧焊的新工艺。其次，激光焊工艺的热输入量非常小，能够大幅度提升机匣修复的质量。

孙红梅决定搞激光焊，但身边的很多同事却有不同的想法。很多人觉得，有什么本领干什么活，干不了就干不了，推出去就行，实在没必要自找麻烦。孙红梅心里清楚，研究激光焊工艺的确是个麻烦事。因为这个事一提上日程，就得遍查资料、调研设备；设备到了后还得操心安装调试。就算是安装调试完成，开发工艺的繁重任务才刚刚开始。那时候，厂里形成的惯例是，谁提出购买设备，上述一系列流程就由谁牵头来搞。虽然大家或许也意识到了激光焊工艺的先进性，但从没有人付诸行动。只有孙红梅主动提出来，要把这项工作扛在自己肩上。因为孙红梅清醒地意识到，作为一名技术人员，只有掌握了最先进的技术，才有足以立身的核心竞争力。

那时候，研究激光焊工艺面临诸多问题。第一，就是没有标准，既没有国家标准，也没有行业标准。没有标准的事情是很难做的。孙红梅不知道搞到什么程度是合适的，而航空发动机的修理要求又极为严格，必须通过反复的实验进行论证，确保运用到发动机修理上不但可行，而且安全可靠。第二，激光焊的原理和氩弧焊完全不一样。激光焊是高能束的焊机，它是非接触式的，能量非常集中，而氩弧焊的能量没有那么集中。老经验运用于新工

孙红梅在研究激光熔覆设备

艺，导致焊接过程中产生了很多缺陷，跟原来想象的完全不一样。第三，就是研究激光焊的时候，有很多新情况、新问题是他们以前没见到甚至没想到的，没有过往经验去遵循，没有成功案例可参照，只能一点点研究，一点点寻找应对之策。

研究激光焊工艺的过程中，孙红梅和同事们付出了超乎寻常的努力。

激光焊有时候是脉冲式的，也就是会一明一灭的。焊接时需要观察焊缝，为了避免打伤眼睛，就得趁着不出激光的时候贴上去观察，出激光时就要赶紧闭上眼睛。这种情况下，眼睛就跟着激光有节奏地一睁一闭，时间长了容易疲劳，眼睛的节奏就跟不上激光，容易被激光打，而闪了眼睛后，整个眼睛很长一段时间都看不清东西。

有一回，为了观察焊缝的成型，孙红梅和同事把脸长时间贴近激光头观察，焊完以后，俩人一抬头，发现对方脸上像是蒙了一层霜一样的东西，发青，然后彼此伸手在脸上一摸，青色变成黑色，俩人先是一愣，继而大笑起来，戏称扮上了“烟熏妆”。

另一回，孙红梅和另一名同事加班焊零件，因为任务繁重，她们中午饭都没顾上吃，从上午一直干到了晚上。

她们焊接的零件在产品底部，不得不趴着焊，等焊完起身的时候，腰部疼痛难忍，几乎站不起来。

还有一回，孙红梅正在激光头下面安装零件。这时，配合她工作的一个同事不小心撞了激光焊的开关，激光束瞬间打到了她的手指上，她当时就感到一阵钻心的刺疼，并且闻到一股肉皮烧焦的味道，随即看到受伤部位变焦，发白发黄。同事赶忙就近拿来一瓶酒精，孙红梅把受伤手

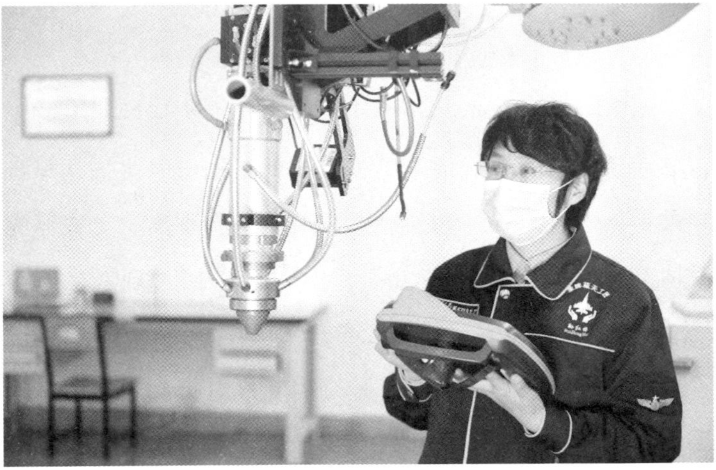

孙红梅在研究激光熔覆工艺

指插到酒精里降温冷却了差不多半个小时，疼痛稍微消退后，她又继续进行焊接作业。干完手里的活后，她再看仍旧疼痛的受伤手指，见表皮已经变为高温灼烧后的蜡黄。因为太忙，她也没时间去医院处理。第二天，蜡黄的部位慢慢变黑，又过了一段时间，变黑部位的肉越来越硬，大概是彻底坏死了，直到下面的新肉长上来将黑色硬块完全顶掉。

有一段时间，孙红梅发现脸上密密麻麻地长出一层疙瘩，像青春痘却又不是青春痘，后来去就医才知道，脸上的痘痘是激光刺激皮肤引起发炎所致。女孩子爱美，从那以后，她并没有减少与激光焊的“亲密接触”，只不过在操作激光焊的时候戴上了防护面罩和口罩。

那段时间，常年在各个高速路工地上忙活的丈夫好不容易回趟家，而孙红梅不是上班，就是加班，丈夫从早到晚难得见上她一面。匆匆一见，又要匆匆别离。丈夫休完假回高速路工地的时候，终于忍不住问她：“现在老人年纪大了，孩子又小，我还经常不在家，你是女同志，厂子里的事就不能少干点吗，像别人一样，把心思多用在家里。”丈夫停顿了一下，为了说服她似的，又补充道，“咱实话实说，也没见你的同事像你这样加班的。工厂是大家的工厂，又不是你一个人的，你这么拼到底是为了什么？”孙红梅看着丈夫，知道对他的亏欠，也知道对家庭的疏忽，但还是说：“这个不能这么比，每个人的情况不一样，对于我，这是一份责任吧，小到一家工厂，大到一个国家，总得有人奉献吧。”丈夫仍然记得孙红梅当初的梦想，孙红梅也记得丈夫对自己无条件的支持。一晃这么多年过去了，青春沃土里埋下的梦想从未停止生长，而且生根发芽，蓬蓬勃勃。“只要你不觉得苦就好，我支持你。”丈夫最终还是选择了支持孙红梅的事业。

经过将近一年加班加点、废寝忘食的努力，孙红梅和同事们终于研究出激光焊工艺，就在他们意欲用新技术大展拳脚的时候，却又碰上了新的“拦路虎”。那就是，他们用激光焊焊接曲面零件时的效果并不理想，尤其是遇到界面发生突变的地方，焊缝会有明显的瑕疵。孙红梅和同事们紧盯问题不松劲，经过长时间的反复摸索，发现问题出现在激光入射角度上，只有伴随曲面变化实时调整入射角度，才能保证焊透率。为此，他们重新编制工艺，调整零件姿态，完美解决了曲面零件的焊修难题。

孙红梅和同事们利用激光焊工艺，将高导内机匣装配部位变形量由 0.15 毫米再降至 0.01 毫米，远远低于 0.2 毫

孙红梅在研究高导外机匣激光熔覆

米的公差要求，产品修理精度得到了大幅提升，机匣再也没有变形超过工艺要求的情况，杜绝了再次裂纹的情况。

随后不久，孙红梅基于发动机维修任务主导的高温合金与不锈钢激光焊工艺和质量验收标准定型并经专家把关通过。这也成为国内首个激光焊的工艺和验收标准。四五年之后，激光焊接的航空标准才出台。内容与他们的基本一致，证明他们的成果得到了整个行业系统的认可。

即便取得如此成就，孙红梅也并不满足。随后，她又全身心投入精密脉冲焊的研究，在发动机修理的漫漫征途上不断突破自己，不断迈上新的高度。

精密脉冲焊与激光焊相比，其优点主要在于：其一，不需要对得很准，只要在一个大体范围内即可；其二，精密脉冲焊操作灵活，便于修补小裂纹或者磨损，可以大幅度提高机匣修复的效率。

让我们来算笔账：一台机匣价格约为 20 万元，经孙红梅之手修复的机匣已经超过 20 台了，为国家节省装备经费超 400 万元。

第十一章 多年『老末』成『劳模』

孙红梅工作几年后，结婚生子。丈夫虽然是老家的高中同学，但是为了支持她的事业，心甘情愿随她把家安在工厂驻地。爸爸妈妈原本还在老家等着她调回去呢，最起码能挪到一个离家近点的城市。那时候，他们建议孙红梅把房子买在济南，他们将来也能帮着照应家里和孩子。可是呢，一晃几年过去了，孙红梅丝毫没动过挪地方的念头，老人叫不动她，也心疼她，就从淄博老家随她一起来到襄阳生活。爸爸刚到襄阳就跟孙红梅说："这回有我们监督着，你可再不能光顾着工作不顾自己了。”孙红梅应着“是是是”，一股暖流穿透了全身。

孙红梅的父母种了一辈子地，即使进了城，也根本闲不住。他们刚到襄阳那阵子，跟孙红梅一家三口挤在租住房里。孙红梅上班之后，孙爸爸嘱咐孙妈妈尽心尽力地照看小孩，自个儿弄了个小推车到外面卖小吃，常常又赶在孙红梅下班之前回到家里，惦记着给女儿做顿好吃的。

那段时期恰好又是孙红梅最忙的时候。为了圆满完成领受的焊接任务，她经常是废寝忘食地研究方案，加班加点连轴转干活。经常出现的情况是，爸爸妈妈在家里掐准了孙红梅下班的时间，把热乎乎的饭菜已经端到桌子上了，只等着她下班回到家里换鞋、洗手后，就能直接开饭。

然而，饭做好了，却等不到她，就又放到锅里热一遍，还不见她回来。他们住的房子窗外就是进出工厂的主干道，爸爸妈妈一边念叨着女儿咋还不回来，一边盯着下班的人群寻找她的身影。无一例外地，一大群人走过去了，一小群人又走过去了，三三两两的人也走过去了，还是没有见到他们的女儿。妈妈急切地询问爸爸：“怎么样，看见了没有？”爸爸一边死死地盯着道路，一边摇头，但

孙红梅生活照

又不甘心，仍然瞪大了眼睛找寻，直到路上行人寥寥，他们才终于看到了落在最后的女儿。

“看，出来了——”爸爸指给妈妈，“又是‘老末’！”

“回来就好，赶紧再把菜热热。”妈妈高兴地迎接孙红梅回家，又不忘数落爸爸，“啥‘老末’，闺女那么辛苦，你不心疼，还净给瞎起外号。”

“每天都是最后一个下班，”爸爸振振有词，“可不就是‘老末’吗？”

“不许这么叫。”妈妈给爸爸下了死命令。

“好！好！好！”爸爸终究是拗不过妈妈，却扭头找小外孙说理，“你说说，妈妈是不是‘老末’，外婆还不让叫，听她的，不叫就不叫。”

爸爸妈妈一路瞅着孙红梅走到家门口，拐进楼门，又听见“咚咚咚”踩楼梯的声音，随即像往常一样，一边充满期待地盯着门口，一边喊着开门最积极的小外孙：“妈妈回来了，赶紧开门。”小外孙就像得了主帅命令的前锋将军，急切跑去开门。门刚打开，小家伙嘻嘻地望着孙红梅说：“妈妈是‘老末’，妈妈回来最晚。”孙红梅一脸蒙，她还没弄懂儿子说的啥意思的时候，爸爸妈妈已经笑出了眼泪。两位老人告诉孙红梅小家伙喊的是“老末”，并把这个称呼的来源讲出后，孙红梅自个儿也不好意思地笑了起来。

从那以后，只要孙红梅回来晚了，儿子一边迫不及待地跑过去开门，一边笑嘻嘻地朗声喊她“‘老末’妈妈”。爸爸也不再严格遵守妈妈的“禁令”，只要孙红梅回来晚，就喊她“老末”，一方面算是对她回来晚这个具体的事进行批评；另一方面，也是用这个称呼提醒她下次得早点儿回来。

像这样有盼头还是好的，有时候，两个老人并不能等到女儿回家吃饭。

爸爸妈妈刚到襄阳那会儿，别说手机，就连固定的座机电话都不普及。有一次，孙红梅和同事着急焊接一批急用件，从上午上班一直干到了下午四五点钟，等他们干完直起身子的时候才想起，竟然连中饭都忘记吃了。而且那天还是原本应该休息的周六，孙红梅想起，自己出门的时候还说过很快就回来，也答应了家人，趁着难得的周末时光一起出去转转。她又食言了，等换下工装匆匆回到家的时候，饭菜照例已经端到了桌子上，但与往常的热气腾腾不同，这次都是冷冰冰的，就像爸爸敛住了慈祥笑容的脸庞。

“你是咋回事呀？”爸爸盯着刚进门的孙红梅，质问道，“周末也这么忙吗？就算你忙，不回家也说一声呀，怎么能让我们就这样一直等着。”

孙红梅第一次见到爸爸这么严厉，她想解释，张了张嘴，却不知道该怎么说。于她而言，工作是头等重要的大事，但她又不想惹家人生气。

妈妈批评爸爸道：“闺女刚工作的时候，你老是跟她说，到了单位一定要好好干，舍得出力，勇于担责，这样才能把工作干好；也给她说，人过留名雁过留声，只有在工作上干出名堂，才能实现自己的价值。这些话我都记住了，闺女就是听了你的话才加班加点地干工作，你不表扬也就罢了，还摆起脸子批评上了，这不是自相矛盾吗？”

爸爸发白的脸起了红晕，也不再说话了。

“快吃饭吧。”妈妈问爸爸，“你总不能让闺女吃冷饭冷菜吧？”

“嗯！”爸爸点燃灶头后又来端菜，“我这就去热热。”

孙红梅这才知道，原来桌子上的饭菜是爸爸妈妈给她准备的午饭，她没回来，他们就陪着那桌子菜等到了晚上。孙红梅想象得到，爸爸妈妈肯定从饭菜上桌时就望眼欲穿地盯着通往工厂的那条路，足足盯了一下午，也失望了一下午。她理解了爸爸的无名之火，也羞愧于又一次让家人担心。

“啥时候吃饭呀？”儿子奶声奶气地说，“妈妈不能再当‘老末’，妈妈要早早回来。我都快饿晕了，你下次可得早点回来呀！‘老末’妈妈。”

童言无忌，惹得大家笑起来。

“赶紧地，饭菜热好没？”妈妈笑着催促忙活在灶前的爸爸，“你要再不好，真就把我们的小宝宝给饿晕了。”说完，她又笑着对小家伙说，“以后妈妈不回来咱们就不等她了，咱们——你、我和外公，咱们先吃好不好？”

“对！咱们先吃，把妈妈饿一饿。”孙红梅爸爸也说，“谁让她是‘老末’。”

“不行，我就要等妈妈回来，我就要跟‘老末’一起吃饭。”小家伙把大人的玩笑当了真，眼睛里闪烁着晶莹的泪花，委屈地看着孙红梅。

“好！等‘老末’回来，跟‘老末’一起吃饭。”孙红梅安慰儿子。

日子一天天过去，孙红梅依然经常加班加点到很晚才回家。

孙红梅技术精湛，工作上的每一组数据，每一个指标，甚至参数与参数之间的细微区别她都记得一清二楚，可她早已经说不清因为工作熬过了多少个漫漫黑夜，又因为工作占用了多少个周末和假日。同事们知道，正因为这样的付出，孙红梅才一次次创新焊接工艺，才一回回突破技术瓶颈，才创下了一个又一个的第一、首次，才将自身价值融入工厂的发展壮大之中，并因此获得军队科技进步奖一等奖等奖项 7 次，国防发明专利 10 多项，获得“全国五一巾帼标兵”“全国五一劳动奖章”“全国劳动模范”等荣誉称号。

2015 年，把孙红梅叫作“老末”的爸爸因病去世。

妈妈也一天天老去，经常会有压缩性的骨折，腿脚不便，出去得少了，话更少了，常常一个人陷入对往事的回忆里。孙红梅在的时候，她倒是喜欢“唠叨”。妈妈说得最多的就是：“你看，你大大（山东部分地区对父亲的称呼）给你起的名字多好啊，‘老末’‘老末’，喊着喊着就变成劳模了。要是你大大还在，他该是多么地骄傲啊！”

从“老末”到劳模——是记忆，是寄托，更是期许。

妈妈的眼里涌出泪水来，孙红梅也忍不住湿了眼睛。

孙红梅清楚，妈妈不说话的时候，心底里想念的全是爸爸。妈妈开口了，说的也全是爸爸。她也多希望爸爸还

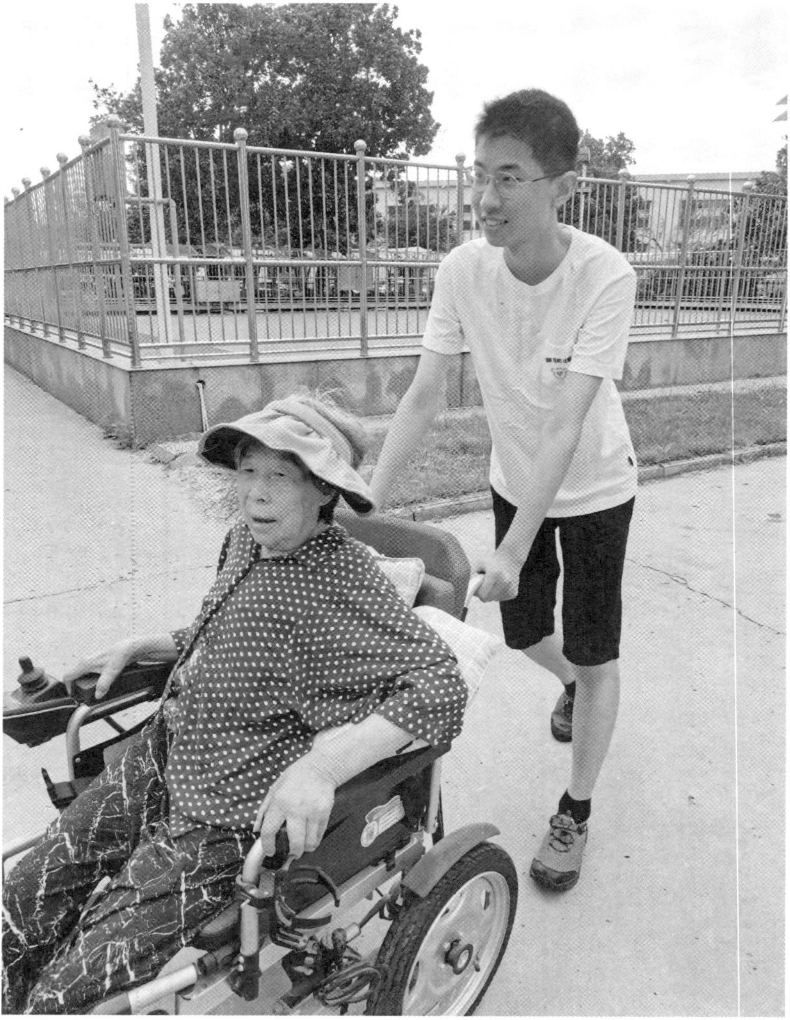

孙红梅儿子承担照顾外婆的任务

在，还能亲切地喊她一声“老末”。

往事不可追，一切都沉淀成了最美的回忆。一个人的时候，孙红梅也会仰望着繁星闪烁的夜空，轻声地说：“大大，你看到了吗？我现在是全国劳模了，我还得了很多其他的荣誉。”

孙红梅永远记得爸爸的那声“老末”，也永远懂得肩上的使命。

第十二章 助推技术革新的『红梅工作室』

2012年的一天，厂长带队赴四川成都一家兄弟工厂调研，在没有提前打招呼的情况下，突然点名让孙红梅也参加。孙红梅经过了解才知道，成都那家工厂有个专家牵头的工作室，据说作用发挥得很好，厂长想让她去看一下。那时候，从上到下没人提成立工作室的事，孙红梅以为也就只是那么一看。

那时候，孙红梅打心眼里不愿意去。一方面，她觉得这个调研跟她的工作关系不大；另一方面，她手头有件更重要的事。她正在攻关一个振动焊项目，厂里没有设备，她联系到一家北京的单位，前后约了3次，都由于种种原因没能成行，这回终于说定，她迫不及待地要去北京完成这个项目。

厂里的工会主席与厂长同去调研，他仔细问清孙红梅到北京实验的日程安排后，给出了一个折中方案。让孙红梅根据工作需要，先去北京，该做实验做实验；等实验做完后，提前一天从北京直接到成都与他们会合，而他们把参观对方工作室的日程放到后面，如此一来，两边都不耽误。

孙红梅见工会主席如此安排互不冲突，只能点头同意。

孙红梅对那次参观调研印象深刻，见识了一个技术尖子带出一群精兵强将激发出的无限创造力。令她没有想到的是，从成都回来不久，工会主席就找她谈话，说厂里也计划成立劳模创新工作室，并且由她牵头来搞。

孙红梅犹豫了。一方面，她觉得自己在管人这方面没有经验，怕管不好；另一方面，她还是想集中精力把自己的专业搞好、搞精。那时候，她已工作十几年，搞了一些新工艺、新技术，有了自己的工作节奏，也营造出了一个工作的舒适区。走出舒适区在不擅长的领域再出发，对于孙红梅来说，是一项充满了未知的挑战，也必定要经受更多的艰难。孙红梅不好当面拒绝领导，只是回复说再想想。

不久，厂领导又把带队伍的话题抛给孙红梅。领导清楚，孙红梅一直都不愿管人；但孙红梅更清楚，这次跟之前让她当中层干部不一样。之前的立足点是孙红梅个人，为了她有个更好的前途；现在的立足点是厂子，为了培养出更多能够在工厂转型的关键阶段扛起重任的技术过硬的年轻人。

“我——试试吧。”孙红梅理解这件事的意义，终归是答应了。

“太好了！”厂领导充满希望地说，“希望你能带出更多的孙红梅。”

一句话就是千钧担，孙红梅感受到了前所未有的压力。

2013年，“红梅工作室”挂牌成立。孙红梅刚担起工作室的责任，就明显地感觉出了“单干”和“带队伍”的巨大差异。单干自己说了算——统筹好工学矛盾，该学专业学专业，该加班加班，需求明确，灵活自主。带队伍完全不是那么一回事——首先是工作室的杂事多，一会儿制定人员管理规章制度，一会儿探讨工作运行机制，一会儿

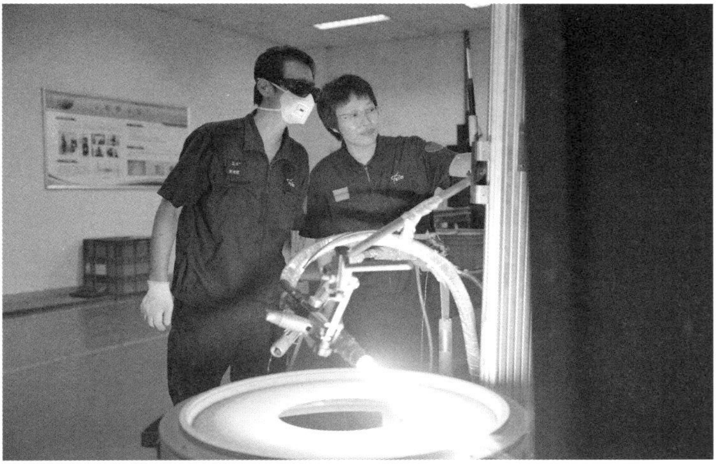

孙红梅（右）在火焰喷涂现场

又要迎接各种检查和参观。其次是人员，本来就是从各个车间和岗位点着人头攒过来的，大家在原来单位本就有自己的本职工作，再说了，编制不在工作室，领工资不在工作室，各种奖励和成长进步也不在工作室——权、责、利完全分离的情况下，孙红梅只能凭借各种攻关项目把大家聚拢在一起，但这也只能是权宜之计。

工作室应该怎么运行？如何设置相应的管理制度？如

何对工作室人员进行切合实际的激励和考核？这些问题都迫在眉睫地需要解决。那时候的孙红梅，真的是一头雾水。很多时候，同事们问起工作室的情况，孙红梅自个儿也说不清到底需要筹划什么，又需要落地见效地去干什么。

那段时间，厂领导只要遇见孙红梅就关心地询问：“工作室情况怎么样？当前集中搞什么课题？有没有解决不了的困难？……”领导问一回，孙红梅脸就红一回。领导传递给她的全是关注、关心，但她只觉出沉甸甸的压力。

孙红梅告诉自己，决不能让工作室成为迎风的招牌和空心的架子。

“怎么办？”她一次次皱着眉头问自己。

孙红梅坚定地告诉自己：“一切价值都在干中体现！”

不久，孙红梅就向厂里提出了“以任务牵引工作室建设发展”的建议，并得到大力支持。当年，燃烧室机匣内部裂漏修复项目落地工作室。孙红梅既当老师，给大家讲原理、教方法，又当工人，亲力亲为，和大家一起攻难关、想办法。不长的时间里，他们先后探索出4种新技术，圆满地完成了承接任务，获得了厂子乃至整个系统的高度认可。这项任务完成后，工作室获得厂党委20多万元的重奖，工作室成员更加坚定了技术自信。

厂党委也更加重视“工作室模式”的聚智增效作用，把更多的任务和更重的担子压到了孙红梅和她的工作室肩上。这个时候，工作室成员已经清醒地认识到，越是艰难的任务越锤炼技术，越是瓶颈问题越增长才干。也因此，他们专门瞄着难过的关过，专门盯着看似无解的问题去解。时间一长，“红梅工作室”成了一支攻坚克难的劲旅。他们之所以敢于揽下别人避之不及的瓷器活，是因为真有金刚钻。

“红梅工作室”如同一支南征北战的队伍，打一仗积累一仗的经验，打一仗破解一批难题，打一仗培养一批人才。很快，工作室人员尝到了“打仗”的甜头，大家不但积极地在厂内请领任务，甚至有的时候“没事找事”。

“红梅工作室”已经成为技术人才的摇篮。10 多年来，工作室先后培养了 5 个批次 40 多名年轻的技术人员。

孙红梅但凡说起那些“翅膀硬了”的徒弟，岂止喜形于色和如数家珍，简直比自己得了荣誉都自豪。她不但能把他们的优点罗列出一大串，而且动不动就说“谁谁谁在某方面技术超过了我”“谁谁谁干什么比我厉害”。

若要具体讲起哪个徒弟，孙红梅的夸赞之语就更是说不完。

“红梅工作室”第一批成员合影（右三为孙红梅）

马海强2018年到厂里工作，先是在车间实习了一年多，2020年进入工作室。他技术好，有拼劲，来了不长时间就担任激光熔覆、激光焊接等工艺班组的班组长，在此期间态度认真，敢于担当，进步很快。在工作室的3年多时间里，他负责的项目获得襄阳市创新创业大赛的第一名，入围了湖北省的总决赛。激光熔覆在航空发动机零件维修中的应用效果很好，入选湖北省重大科技专项。发动机外场战伤抢修跟空军工程大学合作，也入选军队科技项目。还有激光熔覆在线监控等创新技术，破解了飞机发动机维修等领域存在多年的多个难题，得到了广泛认可。马海强在焊接、喷涂等领域都有着不俗表现，他凭借过硬的技术不但获得襄阳市五一劳动奖章，而且也已经带出了很多技术扎实的徒弟，个人获得“隆中名师”称号。2023年，他被提拔为工艺研究室副主任，2024年又成为特种分厂厂长。

陈辉是第二批进入工作室的。2016年，他就是焊接专业系统工程师，也是厂里的一级技术专家。他自我要求高，干起工作简直就是拼命三郎。他在热喷涂专业钻得最深，是全厂公认的第一。他获得过厂里的科技进步奖二等奖，后来自个儿又琢磨出涡轮叶片的喷涂耐磨涂层、高导机匣喷涂热障涂层等工艺，获得襄阳市和军队科技进步奖三等奖等多项奖项。

肖雪萍别看是女孩子，但只要说起干工作，她从来都是巾帼不让须眉。她是非金属专业的系统工程师，连续五六年蝉联工厂的一级技术专家。她自个儿牵头负责的军队科研项目就有3项，其中一项还获得了军队科技进步奖三等奖。除此之外，她还有4个创新项目获得国家发明专利授权。

刘臣在工作室的时间最长，干的活也最多。他最早是从事表面处理专业的，到了工作室之后又重新学习和从事烙铁钎焊、激光清洗、激光熔覆等专业。虽说起步晚，但他学得用心，干得专心，不但回回都能圆满地完成任务，而且很多独创性的工艺还入选了军队科研立项。他尤其对烙铁钎焊研究透彻，不但编写了标准和工艺，而且将这个专业的培训、取证，还有人员资格鉴定和认证的体系建了起来，填补了这个领域的空白。

……

“弟子不必不如师。”唐代韩愈《师说》里的这句话，孙红梅把它当成对工作室成员的期许。多年前，她不愿意干管理，不愿意带队伍，可是，从她情愿承接这个任务的

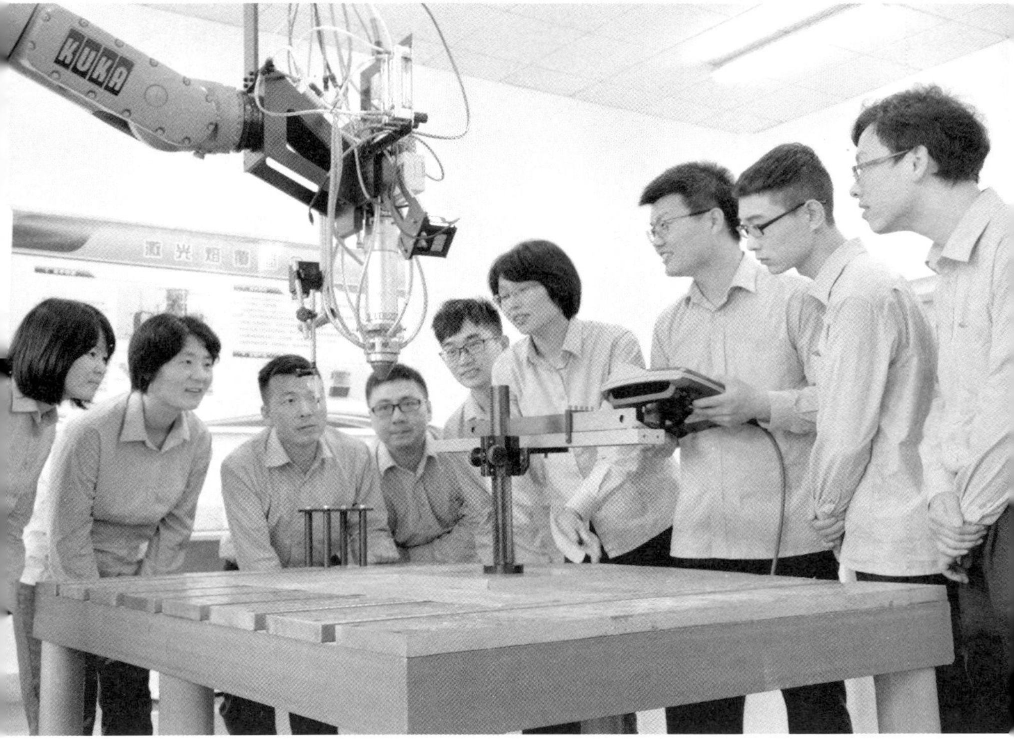

“红梅工作室”第三批成员合影（右四为孙红梅）

“红梅工作室”第四批成员合影（前排左二为孙红梅）

那一刻起，就把带队伍当成了关系厂子建设发展大计的重大责任和使命。厂子需要更多年轻的技术专家，这个需求也就成为她的追求。

一个孙红梅即便天天加班熬夜，能干的工作也有限，当无数个像孙红梅一样优秀和专一的年轻技术人员成长起来后，他们是工厂建设的崭新力量，不但各自坚守一片阵地，而且不断创新，就会凝聚起全厂发展的不竭动力。

“红梅工作室”通过对一个个成员的培养和一项项技术的攻关落地，激活了工厂建设发展的一池春水。

10 多年后的今天，“红梅工作室”在厂里发挥着愈加重要的作用。

第十二章 独创镜面反光仰焊技术

2013年的一天，部队送来一批某型号军用飞机的故障发动机，经检测，大多数发动机的故障点都集中在机匣部位。这种新式机匣与之前传统机匣在结构和设计原理上都不相同，大家见得少，相关构造了解得也就很局限，最重要的是从来都没有上手焊修过。当时所有人已知的是，这种机匣在国内还从来没有成功修复的案例。部队急，不能按时修竣势必影响战训任务。厂领导也急，技术不成熟不说，还缺少替换故障件的备件。但作为专门搞维修的单位，轻易不会给出“不能修”的结论，如果修不了，意味着30多架飞机得停飞。于是厂里带着沉甸甸的责任，把同一个问题摆在了孙红梅面前：“根据既有经验，你觉得这种故障发动机能不能修？”

这是“红梅工作室”成立后面临的第一次挑战。敢不敢接，能不能完成好？成为摆在孙红梅面前的必答题，也是验证“红梅工作室”到底能不能行的一次大考。

孙红梅领受了任务，决定试一试。

“你咋想的？”有同事摇头问孙红梅，“就说不能修，多省事？”

孙红梅没反驳，只是浅浅一笑，她这会儿已经开始寻找解决新式发动机机匣维修的可行办法，腾不出更多的时间说服同事认可她的观点和选择。

孙红梅对新式发动机的机匣了解越深，就越觉得情况复杂。这种机匣内部构造类似于俄罗斯套娃，不是一个个单独存在，而是一层层叠加起来，形成了严严实实的多重包围。按照既有经验，这类故障点多发生在机匣腔内，但像这种情况，别说解决问题，就连发现问题都是个极大的问题。孙红梅并没有因此气馁，相反，这种复杂情况越发激起她破解难题的斗志。孙红梅一直相信，绝对不会有一

孙红梅（右三）为兄弟单位讲解产品修理情况

帆风顺的技术工作，而是不断地遇到难题，解决难题，从而提高个人、单位乃至整个行业的整体水平。这一次，在所难免地遇到了新问题，于她而言就是有机会又一次抓住驰骋向前的烈马缰绳。

孙红梅把问题担到了肩上，也装进了心里。

孙红梅白天把那一批问题发动机一台台翻来覆去地研究，极尽细致地记录、归纳，并试图通过大批量研究得出普遍性规律，来解决每一台机匣的具体化问题。到了晚上，她辗转反侧睡不着，心里想的也全是怎么修复问题机匣。

那段时间，原本就不胖的孙红梅暴瘦了 10 多斤。

念念不忘，必有回响。一天早上，孙红梅匆匆洗漱完准备赶往车间，猛然间，她盯着梳妆镜的脸上就绽放出了那段时间难得一见的灿烂笑容。随即，她忍不住脱口而出："是呀，我咋就没想到用这个办法呢？"孙红梅匆匆地擦完脸，就赶往车间。那天上午，她可真是够忙活的。先是找废弃的平面镜子，再找了一根细而结实的长杆子。开始的时候，大家都不知道她弄的又是哪一出，待她把镜子的作用发挥出来时，大家都惊叹她的办法妙。她先在靠近内部缺陷的机匣壳体上切割出一个"瞭望口"，把自制的镜子探进去，塞到轴承座的背面，这样的话，站在机匣下方，不但能够看到迎面的故障点，就算躲在死角的故障点，也能通过镜子反光找到。确定故障点后，她再采用仰焊将待修部位修复，最后将"窗口"补片焊牢。

不行，光线太暗，孙红梅向同事喊："手电，找手电！给点光！"同事找到了手电，按她示意的方位把光打了进去，迫不及待地问她："咋样，能不能看见？"光明抵达的那一刻，孙红梅乐开了花，人眼看不到的内部死角，因有镜子加持，一切都一目了然。随后，他们用仿真建模和密封检测，摸清了内部结构，也通过分析比对，准确捕捉到了藏在暗处的故障点。

寻找故障点的第一步实现了。但是，随之而来的维修又成了大问题。他们经过观察和试验得知，机匣内有个轴承座，故障点多散布于轴承座周边。如果按照他们既有的焊接方法，因为焊接电弧能量不集中，会导致焊接热量大，引起焊接变形大，所以使得轴承座轻微变形。然而，这个轴承座“容忍度小”，只能允许存在 0.003 毫米的变形。这个数据是个什么概念呢，打个比方说，就相当于头发丝的 1/25。数据出来的时候，同事们都张大了嘴，哑口无言。“容忍度小”的轴承座必须匹配超过他们现有能力的焊接技术，显而易见，这在当时的情况下，对他们来说是个几乎难以实现的目标。大家一筹莫展，觉得这件事情干不了。

孙红梅也跟大家一样发愁，但是她发愁的时候不摇头，更不打退堂鼓，而是把必须面对和解决的问题一条一条列出来：焊枪怎么进，如何加焊丝，如何保证熔池形成后快速实现焊接，如何把变形误差控制在可修复范围。

孙红梅在操作机械手

每个问题都是一个课题，绕不过去，必须尽快解决。

厂里把问题带到孙红梅正在干活的厂房。“你觉得理论上行，但落到实践上有没有跨不过去的槛？”厂领导把话说得很委婉，“有任何你解决不了、需要厂里协调的问题，就尽管说，不管人、设备还是资金，只要你提出来，我们都尽最大努力办到。”话说到这份上，意思也表达得很明确了，就是说厂里把能做的都做了，接下来就只等着孙红梅拿结果说话了。

“什么都不需要，”孙红梅还是那句话，“发动机肯定能修好。”

她没有给自己留余地，闷着头选了华山一条道去走。

军令状从来都不只是一张纸，而是把艰难困苦的不可能变为可能。

为此，通过不断假设、不断摸索、不断试验，孙红梅终于探索出镜面反光仰焊、脉冲激光焊、光电复合焊和胶接冷焊 4 种方法穿插混合使用的焊接技术，通过撷取每种方法的长处以聚优，不但解决了发动机机匣的故障点，还完美地在开窗口完成镜面反光仰焊后，又用脉冲激光焊把打开的天窗再关上。这些都为后续攻克新难关积淀了丰富可行的技术经验。

故障发动机全部修竣，孙红梅和团队成员圆满地完成了任务。

这次迎难而上、圆满完成任务给了孙红梅极大的信心，让她更加坚定地意识到，困难是怯懦者的托词，对于奋进者，一切困难都是进步的阶梯。

“我们是专门的维修工厂，维修自然就是我们的专业。

刘大响院士与孙红梅（右）亲切交谈

不管啥维修的活交到我们手里，如果不敢接，丢面子，接了干不了，那更是丢人。你看这回，咱们不但把没有修好先例的活接了，而且干得漂亮，这是咱们厂一直以来的传统，也是一代更比一代强的证明。”老师傅们尤其高兴。

“我们每个人都是战鹰‘心脏’的守护者，把发动机修好是我们的神圣职责。战鹰健康的‘心脏’就是我们的生命。尤其是质量这块，孙红梅秉承了我们和飞行员同呼吸共命运的责任担当，我们追求的极致负责，就是对他们的生命守护，也是践行‘为战斗胜利负责，为战友生命负责，为国家财产安全负责’三负责精神的实际行动。”车间主任也不无激动地感慨了一番。

“孙技术员给我们打了样，我们以后也得有样学样。”更多年轻的技术人员也由衷地敬佩，“不过这都得拼硬功夫，我们还得加强技术学习。”

第十四章 再进课堂当学生

孙红梅 2013 年通过了 GCT 考试，按照要求是 2014 年去上学。当时跟她一起考上的同事，大多选择了航空类的院校。那些院校很多都跟他们业务对口，学校环境和里面的很多老师也比较熟悉，按说熟门熟路好办事，但是孙红梅却选择了华中科技大学。她后来回忆说，当时主要有两个考虑，一个呢，是华中科技大学在武汉，离她所在的襄阳比较近，方便照顾家里。另外一个呢，华中科技大学的材料学院很有权威性，那里有中国 3D 打印的开山祖师之一——史玉升老师。孙红梅想去跟他学习。孙红梅查到分数上线后，就果断地报名了华中科技大学。但很快，华中科技大学研办的老师给她打电话，劝她不要去。原因是华中科技大学针对工程硕士不会单独开班，要求工程硕士跟着在校的全日制研究生一起上课，一起考试，对方怕她坚持不了。当时，孙红梅想着跟全日制的研究生是不是可以学更多的东西，她又不是为了去镀金，只想实实在在地学真本事，所以就坚持报考了华中科技大学。

天不遂人愿，此后不久，孙红梅父亲生病，直到2015年去世。

两年时间里，孙红梅既要照顾父亲，又要忙于工作，根本没有时间去学校。2016年，她又承接了一项紧急任务，加上母亲身体也不好，所以也没能到学校去上学。2017年，孙红梅已经是空军装备修理系统的首席技术专家和全国五一劳动奖章获得者。一个偶然的机会，厂领导征求意见问她要不要读博士，孙红梅如实相告：“我的硕士还没有去上呢，实在是没有时间，都想要放弃了。”厂领导听她这么说后，当场就批评了她，说自己那么忙都有时间学习，她怎么就没时间。

孙红梅有些羞愧，也有点信心不足，她都已经42岁

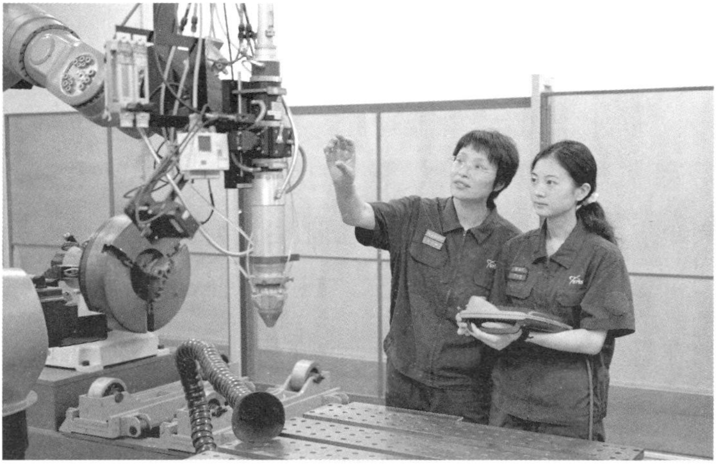

孙红梅（左）在给徒弟讲解激光熔覆设备构造

了，作为一名学生，年纪是不是有点太大了。说句实在话，如果去上学，班上难有和她一样年龄的学生，即便站在讲台上授课的老师们，大抵也有很多比她还小。况且家里还需要她照顾，工作还不能耽误。

看出孙红梅的犹豫，厂领导鼓励她说："你尽管去充电，我给你批假。再难不过这两年！"在厂领导的激励下，孙红梅 2017 年申请回学校继续学业。

2017年9月，孙红梅赴华中科技大学报到，同行的还有她的母亲。

孙红梅先是在大学附近租了一间简易的房子，买齐了锅碗瓢盆，安顿好母亲，然后才到学校办理入学的相关手续。之后的日子里，孙红梅都是上午早早起床，买好菜，做好饭，不等母亲起床，就赶往学校上课；中午回来休息一会儿，顺便看看母亲，又去赶下午的课；晚上回到出租屋，先是把学业上的事处理完，再给单位打电话问问有没有需要处理的工作，然后再陪母亲，跟她在屋子里说说话。

“这么晚了，你明天还要上课。”母亲总是看着时间催促孙红梅，“赶紧去睡觉，明早上别起不来床。”母亲当年就是这么一晚一晚地催促贪学的小学生孙红梅的。她从未想到，30多年后还是对女儿重复同样的话。

孙红梅每周五最是奔波。因为儿子的学校在东津新区，离家将近30公里，当时交通不便，所以前一天晚上就先把儿子托付给他同学的父母，请他们帮忙接回家。下午下课的铃声一响，她就小跑着回到了出租屋，带着母亲赶最近一趟回襄阳的高铁。等她和母亲赶到家的时候，一进屋就会闻到米饭的香味，儿子已经先一步回到了家里，把饭先做好了。她顾不上和儿子说话，先到厨房里给儿子做一顿比平时丰盛一点的菜改善伙食。待饭菜上了桌，孙红梅看着儿子狼吞虎咽地吃着，这才有时间问问他一周时间里在学校的学习和生活情况。儿子遇到了困难，她帮不上，只能提提自己的意见；儿子遇到了委屈，她替他出不了头，只能引导儿子正确看待成长中的挫折。但是，懂事的儿子从来没有抱怨过。等到周日下午，送儿子返校以后，孙红梅又带着母亲从襄阳赶到武汉。下了火车后，孙红梅再搀扶着母亲走出火车站，搭车回到出租屋，那个时候往往都是晚上 11 点了。

如此周一到周日，周而复始。

“妈，你的脚怎么了？”有天上午，孙红梅看到母亲走路更加费力，低头一看，母亲的脚不知什么时候肿得像发起的馒头一样，一压一个坑。

“没啥事。”妈妈轻描淡写地敷衍说，“都是老毛病了。”

孙红梅不放心，带着母亲到医院检查，医生给出的结论是老人年龄大了，本来就骨质疏松，加上经常长途行走劳碌，导致疲劳性水肿。孙红梅看着忍痛不言的母亲，不由得掉下眼泪。她原本想把母亲接到身边享清福，万万没

孙红梅带母亲春游

有想到，因为自己的奔波，倒让母亲在这么大年龄还跟着吃苦。

母亲像没事人一样，还劝女儿："脚就是用来走路的，多走走就好了。"

孙红梅让母亲卧床休息，母亲却闲不住，手里总也有干不完的活。

回到襄阳的两天里，孙红梅几乎一刻不得闲。她有时候要操心一下儿子的作业，有时还要回到厂子里，看看同事们最近承接了什么任务，有没有需要她做的事情。很多情况下，孙红梅一去就是一天，回到家经常已经到了晚上。而且她脑子里还带回了技术难题，经常一查资料就是半个晚上。

朝阳唤醒了沉睡的江城，又是一个明亮澄澈的早上。

"孙红梅——"

"到！"

每学期的点名情况通报，孙红梅都是班上出勤率最高的；回答问题，她是举手最多的；记笔记，她是最全的。老师们记住了，班上有个叫孙红梅的同学，是学习态度最积极的；同学们也记住了，年龄最大的孙红梅经常去得比他们还早，走得比他们还晚。许久以后，当他们偶然得知

孙红梅（前排右四）被评为工厂一级技术专家

这名大龄的孙同学早已是空军装备修理系统的首席技术专家，而且获得过全国五一劳动奖章时，既惊讶她竟然这么厉害，又疑惑这么厉害了还这么努力。

一晃两年，匆匆岁月记住了孙红梅艰苦求学的辗转奔波。

2019年，华中科技大学材料学院组织硕士毕业生答辩，孙红梅凭借数据翔实的论文和应对有策的答辩，获得了第一名的优异成绩，顺利获得工程硕士学位。不久，她又把从学校学到的理论与具体工作实践相结合，创新了新型发动机维修技术，经过实践检验并申请后，获得了国家发明专利。

第十五章 不为繁华易素心

但凡到厂子里去了解孙红梅，一准儿得出以下结论——她胆子大，啥工作都敢接，啥责任都敢往肩上扛。从来没干过的活，她主动请缨；从来没干成过的活，她也不推辞；光想着咋干成，从没想过如若干不成了该咋办。她能吃苦，任务一来，能从早干到晚，不休息、不吃饭也是常有的事，等到干完活起身时，才发觉竟然连轴转了10多个小时。如果遇上急难任务，那她更像是骁勇的战士听到了冲锋号响，那股子拼劲一般人还真比不了。她敢于创新，算是把焊机摸得门儿清，功底扎实；同时敢想敢干，遇到大家都觉得干不了的活，她硬生生就拓展出能把活干了的焊机新功能。

有同事曾经问孙红梅："你工作干得这么好的秘诀是啥？"

"不忘初心，"孙红梅干脆地回答，"始终坚持自己的理想。"

孙红梅一心扑在工作上，心里想的是责任，肩上挑的是担当，一直把厂里布置的任务看作顶天的大事，为此忽略家人的例子不止一桩两桩。差不多两年前的一天，孙红梅母亲看女儿那天下班还算早，就把攒下的坏了的收音机和项链交给她，让她不忙的时候给修一下。孙红梅满口答应着接到了手里，一忙两不忙，直到前几天又看到时，才想起自己又忘记了。

孙红梅忘得了家里的事，本职工作却从来不敢怠慢。用母亲的话说，就是"家里的事情不上心，工作的事情回家了还惦记着"。

有段时间，孙红梅被调到了厂里的技术部门工作。那时候，车间也有技术组，一般情况下，技术组负责处理各自业务范围内的技术难题，只有碰到解决不了的难关，才上报到技术部门，再由技术部门组织人员解决。当时的情况是，大家搅在一起吃“大锅饭”，干多干少一个样，绩效方面的分配制度不是很完善，大家的积极性也就不怎么高。有时候，技术部门的技术人员接了任务后不积极甚至不上心，一拖就拖很长时间，耽搁了维修进度。有的人只盯着手头的那点工作，干完了就算应付过去了。很多时候，技术人员不是钻研技术，而是趴在桌子上睡觉的睡觉，看闲书的看闲书，甚至还有人偷偷地玩游戏。

孙红梅和别人想的不一样，做的更不一样。她从来不在推诿扯皮上浪费时间。只要工作和任务找到了她，她经常是第一时间赶到现场，能解决的问题当场解决，一时半会儿解决不了的，她或查阅资料，或请教老同志，总之是想尽一切办法破解问题、难关，让维修工作顺畅推进。那时候，她的办公室距离车间也就三四百米，但她一天到晚忙得都顾不上到办公室喝口水，嘴唇常常干得都起了皮。就像孙红梅父亲经常给她提到的，种瓜得瓜，种豆得豆，世界上从来没有白流的汗和白走的路。恰恰就是在那段时间，孙红梅增长了知识、拓宽了视野、精进了技术，为她以后破解更多的技术难题打下了扎实的基础。十年磨一剑，也得益于此，孙红梅凭着扎实的业绩，先后获得厂里的“十佳科技工作者”和空军装备部“金牌蓝天工匠”等荣誉称号。

每当别人夸孙红梅优秀时，她总是自嘲是“笨鸟先飞”。

孙红梅很小的时候，父亲就常给她讲：“雁过留声，人过留名。”父亲鼓励和引导她始终如一地干好事，留好名声。随着年龄慢慢地增长，孙红梅对父亲的话也有了新的理解。她觉得人不一定非要青史留名，但人的一生是有传承的。物质会留给亲人，这是有形的，但不一定长久；精神则会传承，给孩子，给同事，给亲人，这是无形的，但它又是久远的，可以影响一代又一代。因为有了这样的认识，所以她更笃定要树立起干事业的好榜样。

翻开孙红梅的工作记录本，下列内容赫然映入眼帘：

天下兴亡，匹夫有责——顾炎武；

尽管责任有时使人厌烦，但不履行责任，只能是懦夫，不折不扣的废物——刘易斯；

有良知的人有责任心和事业心——苏霍姆林斯基；

一个人若是没有热情，他将一事无成，而热情的基点正是责任心。有无责任心，将决定生活、家庭、工作、学习成功和失败。这在人与人的所有关系中也无所不及——托尔斯泰；

……

理论指导实践是硬道理，只要仔细阅读并理解了这些孙红梅信奉的话语，也就揭开了她干好工作的秘密。

孙红梅工作尽职尽责，只是低头耕耘，从来不求回报。

春去秋又来，在收获的季节，她却又常常于悄无声息中迎来累累硕果。

2010年以前，厂里对技术人员工作成绩的核定以领衔主导的项目为主。那时候，孙红梅已经是焊接领域的带头人，自己申请和主导项目完全不是难事，但她用劲的地方从来不在项目本身，而全是为了工作，就算搞项目，也一定是因为这个项目解决的是工作中的具体问题。因此，当大多数人为了成绩忙于各种项目的时候，她总是把精力用在怎么把活干好，怎么持续精进焊接技术上。很多时候，别人的项目需要她参与，她也从不推辞，把自己的本事无私地贡献出来。有老师傅提醒她：“不能耕了别人

孙红梅佩戴奖牌照片

的地，荒了自己的田。”她当然懂得老师傅的意思，但只是嘿嘿一笑。老师傅以为她没听懂，继续点拨道：“你得争取项目呀，有了主导的项目才有成绩，才能进步。”孙红梅嘴上说知道了，其实心底里并不接受，该怎么干还是怎么干。

厂里看到了成绩核定存在一些问题，不久就做出调整，重新确定了评分标准。那年，孙红梅作为项目负责人完成的项目虽然只有两个，但她在厂子里参与的项目最多，理所当然得到了最高分。凭借于此，她获得了工厂“十佳科技个人”和“十五”以来空军系统科技先进个人称号。再后来，凭着对工作的负责态度和精湛技术，她再接再厉，先后带领团队开发、应用10余项行业内领先的核心修理技术，破解200多个修理瓶颈问题，修竣多种型号航空发动机600余台，主持参与60余项科研项目，获军队科技进步奖一等奖1项、二等奖1项、三等奖5项，获国防发明专利10余项……她还获得了“全国劳动模范”“全国五一劳动奖章”“全国五一巾帼标兵”“大国工匠年度人物”等荣誉和称号，并快速成长为空军装备修理系统焊接技术委员会副主任，空军装备部首席技术专家。

“人信实，火信虚。”孙红梅每次有了小小的进步，获得各种各样成绩和奖励的时候，母亲都会不厌其烦地在她的耳边重复这句常说常新的话，并且一次又一次解读给她听："垒柴火的时候中间要留空隙，火才能着起来，做人恰恰相反，一定要实在、实诚，唯这样才能走得长久。"

孙红梅听进了耳里，也记到了心里。

孙红梅一直说，自己只是一个普通的航修人，这么多年来干的都是该干的事，尽的也都是分内之责，但是组织给她的够多了。也因此，在工作中敢说敢干敢拼敢抢的孙红梅在个人得失上，从来都以平常心淡然处之。

"信仰坚定，心地干净。"厂领导曾经不无感慨地说，"这么多年，孙红梅荣誉拿了一大把，但从没向厂里提过什么要求，执着专注、精益求精、一丝不苟、追求卓越——在她身上，'工匠精神'有着最好的诠释。"

孙红梅不重金杯银杯，也不看重名利，却分外看重口碑。

有段时间，襄阳市为了宣传典型，在好几条主干道上都悬挂了介绍孙红梅先进事迹的道旗。一时间，孙红梅成了街头巷尾热议的焦点。尤其是相熟的人，很多都是第一次知道，从来不显山露水的孙红梅原来这么厉害。

"红梅呀，你厉害呀，从来都不说自己的事，没想到

2020 年 1 月，孙红梅（右）参加“大国工匠年度人物”颁奖典礼

是这么有名的模范人物。”小区里的老太太当面夸完孙红梅，又对被搀扶着散步的孙妈妈说，“你是有福气呀，闺女这么孝顺，还这么优秀，真是太难得了。”

“你是不是那个孙红梅？”有一天下午在菜市场，就连卖菜的摊主也盯着孙红梅看了半天之后，犹犹豫豫地问。得知面前的人正是宣传道旗上的真人后，既惊喜又意外，死活不收钱，但孙红梅硬塞给了摊主。

有时在公交车上，也经常会有人认出孙红梅来，并坚持给她让座，这让她很不好意思。后来每次坐公交车她都会戴上口罩，一上车就快步走到车厢后面。

孙红梅成了“红人”，更多的人熟悉了她的事迹。

2020 年的“五一”，孙红梅站在有着她巨幅照片的公交车站台上，突然手机响了一下。她翻开手机，发现一个名字叫作“大国工匠后援会”的微信群有一条信息。她疑惑地点进去，是儿子同学发的一个小视频。点开一看，播放的正是公交车站台上的孙红梅巨幅照片和观看的人群。她想，这是谁建的群呢？往上一翻发现原来是儿子的同学把他们的寝室群改了名字。这一刻她既惊讶又感动。

回到家，叛逆期的儿子揶揄地说：“看，老妈你又成我们的榜样了。我们寝室的同学竟然把寝室群名字给改了。”他点开手机微信群，把手机伸到孙红梅的面前，用力地在“大国工匠后援会”群名字那里画了一下。这一刻，孙红梅分明看到了小伙子脸上的红晕和眼中闪动着的光芒，她知道那是他为妈妈而自豪。

孙红梅鼻子一酸。她想起了好像并不久远的一幕幕往事：儿子两三岁时，她每次上班或加班时，他脸上挂着的晶莹泪珠，依依不舍地目送她出去。儿子上小学时，她有次去学校接突然生病的儿子，空去一趟没接到后才得知，儿子所在年级早已搬到了另一个校区；儿子上初中时，因为自己工作忙，儿子小小年纪就不得不过起了住校生活……

孙红梅几乎把全部精力都用在了工作上，没想到儿子竟还如此理解她，而且耳濡目染中，把忙得难得顾上他的妈妈当成了自己的偶像。孙红梅更为欣慰的是，年轻人并不都追逐明星和偶像，很多人以她这样的工匠为榜样。

想到这里，孙红梅心里暖暖的，为了儿子的理解，为了自己被最亲的人认可。

一年又一年，孙红梅在精进成长，也在淬火沉淀。

任他桃李争欢赏，不为繁华易素心。

孙红梅获“大国工匠年度人物”后返厂时的留影

这是孙红梅最喜爱的诗句，也是孙红梅的微信签名，更是她镌刻于心底并默默追求的境界。如梅，绽于霜雪不畏寒；如梅，独立孤枝不争艳。

后 记

孙红梅是谁？

刚接到这本人物传记的创作任务时，“孙红梅”在我脑海里只是个模糊的代号。待打开互联网上的搜索引擎，在搜索框里加上“大国工匠”，“孙红梅”在浩如烟海的信息世界里有了确切的注解——女，中国空军航空修理系统焊接专业首席专家。

也是从这一刻起，我才开始真正地认识和了解孙红梅。

孙红梅生于普通之家。她的老家在山东省淄博市沂源县的一个小山村，爸爸、妈妈都是农民，爸爸读书不多，妈妈甚至从来都没上过学。她在老家从出生一直读到高中毕业，其间19年里，几乎都是与高天厚土打交道。

孙红梅就读于普通大学。孙红梅打小成绩就好，在重男轻女的鲁中山区腹地，作为女孩子的孙红梅，能够不辍学一直读下来本就不易，难能可贵的是，她还凭优异成绩挤过中考独木桥，顺利地走进了高中校园。遗憾的是，她高考发挥不理想，比平常少了四五十分，考到了西安理工大学。

孙红梅学的理科。那时候，女生读大学选的专业大多聚集在中文、医学、新闻、金融、外语等领域，偶尔也有酒店管理、国际商贸这些，但孙红梅不知是滑档调剂还是其他什么原因，读的竟然是听起来就坚硬冰冷的材料科学。这个专业里面的女孩子凤毛麟角。

孙红梅进的是普通单位。1999 年毕业的大学生在那时还是名副其实的天之骄子，工作机会多，各单位抢着要。事实上，孙红梅那届的同学有很多都去了更有钱或更有前途的单位，唯独孙红梅不走寻常路，只因有一段建功军营不成的经历，她走进了在她看来跟军营差不多的军工厂。

孙红梅干的更是普通工作——焊接技术员。她不争不抢，不爱出风头，只是默默无闻地干着自己的岗位工作，钻研着自己的分内专业，在时间长河日复一日的淘洗之下，竟也体现出了独一无二的价值，闪现出了熠熠的光。

普通的孙红梅为何能在普通的岗位上干出不普通的

成就？

循其成长之路，答案只有一个，那就是——奋斗！

她刚进工厂的时候，因为对焊机操作不熟练，屡屡失误，甚至屡屡受伤。在失败和挫折面前，她从来没有止步不前，而是瞄着自己的短板往前冲，一直冲到了同时期毕业大学生技术人员的最前沿。跟着姜师傅学习焊接的时候，她基础差、经验少，面对师父不讲情面的批评和玩笑之言，她咬定青山不放松，成为“出师”最早的一个。面对不规则涡轮叶片修复的难题，她走访了一个个研究所，请教了一个个专家都不奏效，就连经验丰富的师父都说问题解决不了，但她硬是凭着初生牛犊不怕虎的冲劲，不但钻研出解决难题的独创工艺，还凭此获得军队科技进步奖。面对外国机匣无修复先例的现实，她不怕风险主动请缨，生生创出一套修复工艺。面对激光焊机的首次使用，她第一个站出来，从翻译外文说明书，到废寝忘食试验，再到逐一制定操作工艺和故障检测标准，直至解决焊接难题。

孙红梅是自己漫漫事业征途上真正的勇士，她面对困难从不止步，而是秉持初心、勠力冲锋，甚至越是艰难越向前。日复一日，年复一年，没有困难能挡住她，也没有问题能难倒她，理所当然，她站在了事业之巅。

孙红梅用不懈奋斗演绎了从普通到精彩的华美嬗变。

她是普通的，却又是不凡的，在这里，让我们——

向普通而又不平凡的劳动者孙红梅致敬！

向“大国工匠”孙红梅致敬！

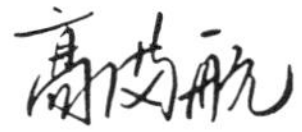

2025 年 2 月